Gabriel Loidolt

LEVYS NEUE BESCHWERDE

Gabriel Loidolt, geboren 1953, studierte Elektrotechnik und Germanistik und arbeitete mehrere Jahre im Ausland, bevor er in seine Heimatstadt Graz zurückkehrte.
Der Leuchtturm (Roman 1988)

Gabriel Loidolt

Levys neue Beschwerde

Verlag Droschl

Für meinen Hund

Als ich aus dem Bus stieg, flockte es gelb aus dem Lampenschein. In der frischen Luft war mir, als lösche der Winter auch jenen Schmutz, der Stein zernagt und Menschenfleisch bis auf den Knochen durchätzt. An der Ampel fiel mein Blick auf eine Traverse, und mich fröstelte: New York begrub sich mit saurem Schnee, der ununterbrochen aus der Nacht rieselte.

Das gelbe Taxi, das mich anblinkte, ließ ich ohne mich fahren. Ich hatte Zeit, aber kaum Geld. Und um den Dezember zu überstehen, mußte ich mir noch etwas einfallen lassen. Zu große Sorgen machte ich mir nicht. Ich war schon dem Würgegriff schlimmerer Tage entkommen - Wochen, Monate, Jahre, die zu überleben mir sinnlos, ja ekelhaft schien. Später allerdings wollte ich keine Sekunde mehr aus meinen grauen Windungen kratzen.

Am besten, ich sprach wieder mit Mr. Masavelli. Er war der Personalchef einer alten Firma, die Weihnachtsmänner stellte. BE NICE TO YOUR KID - RENT A SANTA AND HAVE A MERRY CHRISTMAS! Ich hatte nur Prospekte verteilt, weil ich nicht wie ein Heiliger aussehe. Nicht mit und nicht ohne Schminke. Und als mir der versprochene Bonus nicht gezahlt wurde, hatte ich gekündigt. Ich bestand auf meinem Recht. Wenn ich mich wieder bei der Firma meldete, konnte ich mich auch gleich bei Mr. Masavelli beschweren. Er war am Tag der Abrechnung nicht in seinem Büro gewesen, und er schien mir korrekter als der Schatzmeister.

Seit ich nicht mehr in der Buchhandlung von Mr. Lawterny arbeite, verfüge ich über kein regelmäßiges Einkommen. Mein Sprachenstudium habe ich nicht beendet, und eine halbwegs erträgliche Beschäftigung findet man schwerer als einen Dollar vor dem Waldorf Astoria. Ich jobte. Ich war Bibelverkäufer und Portier, Parkplatzwächter und Milchmann. Eine Weile habe ich Bücher für eine Bezirkszeitung rezensiert. Aber das ist lange her. Heute braucht sogar der Müllmann ein Diplom, um eingestellt zu werden.

Ein Glück, daß ich mein Apartment habe behalten können. Ein Zimmer mit Kitchenette und einer Toilette. Yorkville ist gerade noch erschwinglich, in meiner Straße wenigstens. Ein vierstöckiges Haus mit steinernen Treppen und mit Holzböden in den Zimmern. Vorläufig brauche ich nicht zu siedeln, und ich bin oft gesiedelt: In Washington Heights als Untermieter bei den Jekkes, die alle noch von Berlin und vom Mosel-Wein träumten. Auf der Westside, den Riverside Drive entlang, wo ich von meinem Fenster aus die Beine der Fußgänger sah und die schnelleren der Hunde. In einem braunen Koloß auf der East Side wurde ich von Blizzards geschüttelt, in Sunnyside vermittelte ich zwischen lauten Italienern und Sepharden. Ich hatte eine Bruchbude in Greenwich Village, ein feuchtes Apartment am Sommerstrand von Coney Island, eine Papierbude in Chinatown. Am schönsten war es in den hohen, stuckverzierten Zimmern der Vororte, die zur Abendstunde des Indian Summer rotes Licht einfingen. Doch verlassen hatte ich auch sie, denn ich siedelte stets aus dem gleichen Grund: Wenn ich die Miete nicht mehr zahlen konnte oder der Feinkosthändler sich meinen Namen merkte.

Auf dem Straßenabschnitt, der von meinem Fenster aus überblickbar ist, begegnete ich nur wenigen Leuten. Ein altes Ehepaar schleppte schwarze Plastiksäcke aus einem Eingang und stellte sie an den Rand des Gehsteigs. Ein Mann schaufelte sein Auto aus. Eine Frau spielte mit ihrem Kind. Auf dem Scherengitter der Spanish Grocery schimmerte der Schnee in rötlichen Kreuzen, im angrenzenden Tabakladen brannte noch Licht. Was ich vermißte, war die Musik von Mr. Aziz. Er übte sonst täglich von sechs bis acht Uhr auf seiner Geige.

Dann erblickte ich einen Streifenwagen. Er war leer und parkte vor der Außentreppe meines Hauses. Ich strich mir die Flocken aus dem Haar und klopfte die Schuhe am Rost ab.

Im Treppenhaus ließ mich eine aus dem Unterleib kommende Stimme zusammenfahren:

- Keine Zigarette, heilige Madonna! Keine Zigarette, oder wir fliegen alle in die Luft!

Ich sah zur Halbstockkehre auf. Mrs. Dolorosa hielt mit fliegendem Rock und aufgelöstem Haar, durch das blaue Wellen liefen. Eine Hand auf dem Geländer, schluchzte sie in ein Taschentuch, während verhalten Gelächter aus dem oberen Stock drang. Ich hatte die junge Frau schon öfters weinen sehen, ohne daß Schlimmes passiert war. So fragte ich mehr aus Höflichkeit, was los sei.

Sie blitzte mich aus ihren lackschwarzen Augen an.

- Riechen Sie nichts?

Ich roch den Schimmel und den Hauch von in Schränken aufbewahrten alten Kleidern.

- Mr. Selby hat sich vergast, stieß sie hervor, aber ein guter Mensch war er trotzdem! Sie hörte zu schluchzen auf, ballte das Taschentuch und setzte fort: Sogar eine Warnung hat er an seine Tür geheftet. BITTE NICHT MIT OFFENEM FEUER BETRETEN! Gar nicht auszudenken, wenn Sie fünf Minuten früher gekommen wären! Sie haben ja immer eine Zigarette im Mund!

Ich verspürte Lust, ihr zu erwidern, daß gar nichts passiert wäre. Ließ es aber. Ich dämpfte meine Zigarette aus und stieg hoch. Ich hatte einiges getrunken.

Auf der rechten Flurseite standen Mr. Smith und einige mir nur vom Sehen her bekannte Leute mit Gesichtern wie Masken um einen Polizisten, der das Protokoll aufnahm. Ich mußte durch die Gruppe, weil mein Apartment sich am Ende des Flurs befand. Da zeigte der junge Polizist mit seinem Kugelschreiber auf mich. Er fragte barsch, wohin ich wolle. Ich antwortete, ich wolle in mein Apartment. Er sagte wichtig, das hänge nun wohl von ihm ab. Nicht wahr? Darauf nickte ich, um keinen Ärger zu provozieren.

Ich mußte mich neben ihn unter die Flurlampe stellen. Das war mir peinlich. Er trug nämlich eine nach Putzmittel riechende saubere Uniform und ich einen alten Staubmantel mit nur zwei Knöpfen. Dann sagte ich mir, daß ich mich nicht zu schämen brauchte. Vielleicht sah er mit achtundvierzig Jahren genau so schäbig aus wie ich.

Der Polizist blätterte in seinem Notizbuch. Im Licht bemerkte ich, wie rot sein Haar war. Sogar auf den Fingern glitzerte es rötlich. Mein Herz begann laut und mit seltsamer Verzögerung gegen die Rippen zu klopfen. Wieder vermißte ich die Musik von Mr. Aziz. Ich dachte, wie seltsam der Mensch doch die Welt in sich aufnimmt - er bemerkt fast immer nur das Minus. Und in diesem Augenblick schienen mir alle Menschen gleich.

Ich wurde über den Toten befragt. Welchen Beruf er hatte, seit wann er hier wohnte und ob er Selbstmordgedanken geäußert hatte. Ich war Mr. Selby nie begegnet und konnte keine Auskunft erteilen. Das befremdete den Polizisten wohl, denn er bemerkte nicht ohne Vorwurf, Mr. Selby sei mein unmittelbarer Nachbar gewesen. Ich bemerkte, ich würde meine Nase nicht in fremde Angelegenheiten stecken, und wollte schon fragen, aus welchem Hinterwald er eigentlich kam. Doch ich besann mich rechtzeitig. Stattdessen zählte ich die Namen aller Flurnachbarn auf. Ich wußte sogar, daß ober mir niemand wohnte und unter mir nur Ratten. Da schien der Polizist wieder versöhnt. Warum, weiß ich auch nicht.

Notizen machte er sich keine. Er blätterte in seinem Büchlein, als wolle er meine Angaben nur prüfen, während er öfters meine Augen suchte, ohne sie zu finden. Dann kreuzten sich unsere Blicke doch. Ich zuckte leicht. Er hatte blaue Augen.

Abschließend wurde ich noch gefragt, ob Mr. Selby sich vielleicht wegen einer Frau umgebracht habe. Da schaltete sich Mrs. Dolorosa ein: Ich verstünde nichts von Menschen, denn ich hätte ein Herz aus Stein. Mr. Selby jedoch hätte eins aus Fleisch und Blut gehabt. Leider sei seine Freundin eine von jenen gewesen, die nach Lust und Laune kamen und gingen und ihr Wort laufend brachen. Darunter habe Mr. Selby sehr gelitten, denn er sei Kunstmaler und deshalb sehr sensibel gewesen. Sie als Nachbarin traue ihm Selbstmord aus unglücklicher Liebe zu, auch wenn wir das für absurd hielten. Männer wie wir dächten nur an Selbstmord, wenn die Aktien ins Bodenlose stürzten. Oder etwa nicht?! Sie schüttelte den Kopf, daß ihr schulterlanges Haar hin- und herflog. Ich sah den Polizisten an, der Polizist mich. Dann sah der Polizist Mrs. Dolorosa an, und diese abwechselnd uns beide. Ich erklärte, mein Leben bedeute mir nicht alles; doch wegen einer unglücklichen Liebe würde ich es nicht wegwerfen. Mrs. Dolorosa lächelte spöttisch und warf dem Polizisten einen Blick zu, der ihre Meinung über mich wohl bestätigen sollte. Der Polizist erklärte, er wolle keine Privatgespräche führen, sondern Fakten sammeln. Mrs. Dolorosa preßte ihre dunklen Lippen und klapperte auf einmal davon. Darauf durfte auch ich mich entfernen.

Aus dem Apartment von Mr. Selby trat ein anderer Polizist. Jung wie sein Kollege, beobachtete er, wie ich die Werbeprospekte vor meiner Tür auflas. Da hätte ich ihn am liebsten geohrfeigt.

Abgestandene Luft umfing mich. Ich hielt das Fenster immer geschlossen. Im Winter wegen der Kälte, im Sommer wegen des Rußes. Nachdem ich die Sicherheitskette vor- und die Prospekte abgelegt hatte und aus dem

Mantel geschlüpft war, stellte ich Kaffeewasser auf. Sogar in dem düsteren Licht sah ich, wie häßlich das Apartment war. Ein Generalputz hätte es bestimmt wohnlicher gemacht. Aber wenn ich auszog, wollte ich es in dem Zustand verlassen, in dem ich es übernommen hatte. Als ich das Fenster hochschob, wurde mir übel. Ich legte mich auf die Couch und hörte gerade noch ein Hundegewinsel und das Signal einer Ambulanz, bevor ich in eine sich drehende Finsternis glitt.

Wahrscheinlich hätte ich länger geruht, wäre nicht ein feines Kratzgeräusch an mein Ohr gedrungen. Erst leise, und als sich die Konturen der Decke aus der Dunkelheit schälten, lauter: Ratten. Ich stand auf, kniete mich vor die Couch und leuchtete den Hohlraum mit meinem Feuerzeug aus. Die Leiste zwischen Wand und Boden war löchrig, die Mausefalle leer. Ich ging zum Tisch und wollte die Bestecklade öffnen, als ich an die Prospekte stieß. Sie segelten alle zu Boden. Auch ein Brief war dabei, und ich hob ihn auf. Er war an mich persönlich gerichtet. Ich öffnete ihn mit dem Messer und schlug das in Kreuzform gefaltete Papier auf: Die Greatham Company & Co. teilte mir höflich mit, daß ich mein Apartment bis zum 15. Dezember um 12 Uhr nachts räumen müsse.

Ich nahm die Nachricht nicht sonderlich ernst. Schließlich zahlte ich die Miete immer pünktlich und veranstaltete keine Orgien, ich beherbergte keine Fremden und hielt mir keine Haustiere. Da ich auch keinen Kündigungsgrund fand, schob ich alles einem Irrtum der Company zu: Diese schloß oft nur befristete Verträge, während ich im ersten Monat die doppelte Summe als Hauptmiete zuzüglich einer Kaution gezahlt hatte. Ich brauchte gar nicht erst einen Blick in meine Dokumentenmappe zu werfen, um eins mit Sicherheit zu wissen: Daß mein Vertrag nämlich nicht befristet war. In diesem Augenblick begann das Wasser leise zu kochen.

Als ich erwachte, wurde mir klar, wie bescheiden meine Möglichkeiten waren, etwas Geld zu verdienen: In den Zeitungen wurden zwar Jobs angeboten. Doch Manager war ich keiner, Vertreter für Staubsauger wollte ich nicht werden und für körperliche Arbeit hielt ich mich ungeeignet. Blieb noch der Service: Von guten Lokalen abgesehen, brauchte man keine Referenzen. Eine reale Chance also. Doch ein Wort ist ein Stein, und zwei Wörter bilden eine Mauer: PLEASE und THANKS! Sie erinnern mich zu sehr an meine Lagerhaft im Dritten Reich. Danach hatte ich mir geschworen, mich vor keinem Menschen jemals wieder zu verbeugen.

Nach dem letzten Toast machte ich Inventur. Ich besaß drei Dollar und fünfundneunzig Cent; Sardinen und Pulverkaffee, Öl und Gewürze. Zum Glück hatte ich auch noch einen Liter kanadischen Ahornsirup, der mir, mit Wasser verdünnt, das Überleben für mindestens vierzehn Tage garantierte. Am besten ist, ich gehe zum Fisherman Building in die 57th Street und spreche mit Mr. Masavelli: Gibt er mir einen Job, warte ich mit dem ausständigen Bonus noch zu. Gibt er mir keinen, trete ich härter auf.

Doch muß ich so oder so Ed Parker, David Saldi oder Andrea Jane aufsuchen.

Ich ging zum Fisherman Building. Im Treppenhaus begegnete ich Mrs. Dolorosa. Sie trug ihr Baby auf dem Rücken und wusch die Stiegen. Ich bewegte mich vorsichtig zwischen dem gekrümmten Körper und dem rauchenden Kübel durch. Ich roch etwas Schweiß, Parfum und Lauge. Mrs. Dolorosa streckte das Kreuz, knotete ihr Pferdehaar fester im Nacken zusammen und fragte, ob ich ihr zehn Dollar bis zum Monatsende leihen könne: Mein Mann hat unvorhergesehene Ausgaben machen müssen. Ich antwortete, daß sie mir bereits zehn Dollar schulde: Sie haben mir die Rückgabe bis Ende November versprochen. Sie blies Luft durch ihre Stirnfransen und seufzte: Sie vergessen wohl nichts, Mr. Levy! Und ich sagte: Das kann ich mir nicht leisten, Mrs. Dolorosa!

Die Straßen waren durchwegs geräumt. Trotzdem spürte ich den Frost durch die Schuhsohlen. Ging eine Ladentür auf, schleierte es eisgrau den Rahmen entlang. Die Fußgänger waren angezogen wie für Alaska.

Das Fisherman Building wuchs als riesiger anthrazitfarbener Skeletturm mit goldenem Glas, worin sich, verkleinert und ineinander verschachtelt, die kleineren Himmelskratzer spiegelten. Die Front mit dem Hauptportal lag im Schatten. Ich mußte mir eine Karte an den Mantel heften lassen, bevor ich das Gebäude betreten durfte.

Die Sekretärin, eine ältere Frau mit einem goldenen Kreuz auf dem Revers ihres dunklen Kostüms, wollte mich nicht vorlassen. Erst sagte sie streng, der Chef dürfe nicht gestört werden. Und als ich lächelte, behauptete sie, er sei gar nicht in seinem Büro. Ich sagte: Gut, dann warte ich! Ich nahm ihr gegenüber Platz und beobachtete sie bei der Arbeit. Sie begann sich zu vertippen und warf böse Blicke. Sie faßte sich wiederholt an die Katzenbrille und seufzte. Bevor sie schließlich doch zum Telefon griff, stieß sie mit einer Feilenstimme hervor: Sie sind ungewöhnlich hartnäckig, Sir! Ich gab zurück: Die Geschichte war mein unerbittlicher Lehrmeister, Madam!

Mr. Masavelli, ein dicker Mann mit Stahlrahmenbrille, entschuldigte sich für den Irrtum seiner Sekretärin. Er sah mich aus großen Froschaugen an und reichte mir die Hand über den Schreibtisch. Ich bekam sie kaum zu fassen, so feucht und klein war sie. Er blätterte in einem Akt und sagte feierlich: Unsere Firma ist Ihnen aufrichtig verbunden, Sir. Ohne Männer wie Sie könnten wir nicht existieren.

Ich schwieg.

Dann setzte er fort, die Lage im allgemeinen sei nicht so übel, im besonderen aber weniger gut. Ich wollte wissen, wie er das meine, und sah ihn an. Er faltete seine papstbleichen Hände und erklärte, er wolle mich verständigen, sobald er mir einen Job anbieten könne. Ob meine alte Adresse noch stimmte? Ich nickte und biß die Zähne aufeinander. Er sah auf seine Uhr. Ich überlegte, ob ich die Sache mit dem Bonus anschneiden sollte. Einerseits durfte ich ihm nicht auf die Nerven gehen, sonst bekam ich nie wieder einen Job. Andererseits wollte ich auf keine Summe verzichten, die mir zustand und immerhin eine volle Monatsmiete deckte. Mir kam in den Sinn, daß Mr. Masavelli vielleicht gar nicht Bescheid wußte und alles nur eine Frage des Tons war. In diesem Augenblick wurde ich gefragt, was ich auf dem Herzen hatte. Ich holte Atem und erklärte mein Problem, als beträfe es einen anderen Menschen. Mr. Masavelli verzog keine Miene. Er versprach, den Fall zu prüfen und mir das Geld zu überweisen, falls ich Recht hatte. Ich fragte, ob er mir nicht traue. Darauf schüttelte er lächelnd den haarlosen Kopf und streckte mir wieder seine kleine, feuchte Hand über den Tisch: Das war nur eine Floskel. Sie verstehen doch, nicht wahr?!

Der Lift glitt so schnell in die Tiefe, daß mir für eine Sekunde schwindlig wurde. Hinzu kam ein seltsamer Druck in den Ohren, der erst schwand, als ich die Kabine verließ. Das nächste Mal gehe ich die vierzig Stockwerke zu Fuß hinunter, schwor ich mir. Aber ich hatte nicht die Absicht, das Fisherman Building so schnell wieder zu betreten.

Während ich die klickenden Fahnenmasten entlang ging, fiel mir die Karte ein. Sie haftete noch immer auf dem Mantel. Ich nahm sie ab und ließ sie fallen. Ein paar Schritte weiter hörte ich eine Kinderstimme hinter mir. Ein Boy Scout erklärte freundlich, ich hätte einen gelben Ausweis verloren, und hielt ihn mir unter die Nase. Ich fühlte das Blut in die Wangen steigen und nahm ihn ohne Widerrede zurück.

Ed Parker wohnte in der Nähe des Times Square. Ich hatte viele Monate lang mit ihm zusammen Bibeln verkauft: IF YOU'RE ALREADY A BELIEVER IN JESUS, WHO WAS BORN OF A JEWISH MOTHER - WHY NOT BUY THE BIBLE FROM A JEW? Ich hatte Ed immer bei der wöchentlichen Abrechnung geholfen, weil er trotz seiner dicken

Brille nicht mehr gut sah. Dennoch war er ein so geschickter Händler, wie ich keinen zweiten kannte. Als ich vor dem Kellerloch ankam, hatte der Wind mich völlig durchkältet. Ich klopfte mit eisigem Knöchel gegen die Tür. Niemand öffnete. Da tauchte eine ältere Frau mit Lockenwicklern im violetten Haar auf und schrie mich an, der alte Halsabschneider sei vor einer Woche verschwunden, ohne die Miete zu bezahlen. Ich fragte gar nicht erst, wohin. Stattdessen suchte ich das Weite, so schnell ich konnte. Die Frau hatte den Eindruck einer Irren auf mich gemacht.

In einer ruhigen Straße unweit des St. Mark's Place, dort wohnte David Saldi. Bunte hölzerne Ladentüren, darüber das Gestänge der Feuerleitern, die alle auf dem Balkon kleiner, schäbiger Wohnungen endigten. Wenige Leute nur hielten sich im Freien auf, und die paar standen verschlafen plaudernd vor einer Bäckerei. Auf der Vortreppe gegenüber dem Café au Gogo brauchte ich nicht zu läuten. Ein Mädchen stöckelte gerade zur Tür heraus. Sie trug einen Ledermantel, einen Schlapphut und eine Kette mit einem Medaillon. Sie hielt mir die Tür auf und zeigte ihr Gebiß: Hi Sir! sagte sie. Ich sagte: Hi Mylady! Das Mädchen duftete nach dem Rasierwasser meines Freundes. An den Fingernägeln merkte ich, daß sie keine zwanzig war.

David öffnete erst, nachdem er meine Stimme gehört hatte. Er begrüßte mich wie einen Menschen, den er Jahre nicht gesehen hatte. Obwohl ich die Kälte eines Eiszapfens verströmte, zuckte er mit keiner Wimper und bat mich in das Apartment, das aus zwei Zimmern und einer Küche bestand, einer Toilette und einem Bad.

Ich fand keinen Platz, wo ich mich ohne schlechtes Gewissen hätte setzen können. Überall lagen Bücher und Schallplatten, alte Zeitungen und Notizen und leere Weinflaschen. In der Lounge, wie er das Zimmer mit Blick auf die Straße ironisch nannte, blieb ich stehen, bis er das Sofa neben dem Fenster leergefegt hatte. Dabei fiel ein Medaillon zu Boden.

Die Frauen ruinieren mich! sagte er dröhnend: Ich verbrauche Geld, das ich nicht habe, und mache Versprechungen, die ich nicht einhalten kann. Es ist ein Jammer!

Ich nickte und nahm dankend eine Tasse Kaffee an. Er bat um Entschuldigung und schleppte seine zweihundert Pfund ins Bad.

Die Tasse in den Händen sah ich durch das vorhanglose Fenster. Vor dem kleinen Café drüben unterhielten sich zwei schwarze Frauen mit gedrehten Zöpfen, während ein Junge mit Barett sich vor Lachen schüttelte. Aus einer mit Pappe verstärkten Tür trat ein Mann mit Gitarre, und im ersten Stock darüber drückte eine blonde Frau ihre Brüste nackt gegen die Fensterscheibe. Sie winkte dem Mann mit der Gitarre nach, bis sie mich erblickte. Dann winkte sie zu mir herüber. Ich erwiderte den Gruß und ließ den Blick erst von ihr, als die wächserne Nacktheit im Schatten des Zimmers erlosch.

Den Kaffee trank ich in kleinen Schlucken. Ich taute auf und fragte mich, wie David inmitten seines Tohuwabohu arbeiten konnte. Er schlug sich als Verlagslektor auf Honorarbasis durch und hatte zwei Romane geschrieben, für die einen Verleger zu finden er zehn Jahre gebraucht hatte. Der finanzielle Erfolg war bescheiden gewesen, doch hatte er ihn wenigstens ein Jahr lang ernährt. Seit drei Jahren arbeitete er an einem neuen Roman. Aber die Angst, Literatur mit Moral zu verwechseln, trieb ihn zu immer neuen Korrekturen.

David kam zurück. Nachdem er sich mir gegenüber Platz verschafft hatte, fischte er eine große Keksdose aus dem Chaos und daraus eine Schachtel Zigaretten, eine gestopfte Pfeife und Zünder. Er gab mir Feuer und steckte seinen Tabak in Brand, er strich sich durch den Rasputinbart und sinnierte eine Weile vor sich hin. Seit ich ihn zum letzten Mal besucht hatte, war er deutlich älter geworden, sein Bart schimmerte grau, und um die Augen hatte er kleine Fältchen bekommen. Nach einigen Floskeln erzählte er von seinen Schwierigkeiten, daß ich bald froh war, nicht in seiner Haut zu stecken: Er hatte eine minderjährige Freundin, die daraus Kapital zu schlagen drohte, und ein Apartment, das gut doppelt so viel kostete wie meins. Er arbeitete für zwei Verlage, die ihm seit Wochen nicht einen Cent überwiesen hatten, weil sie Pleite gegangen waren, und er hatte einen erlernten Beruf, der ihm bei keiner Bewerbung mehr nützte, weil er so alt war wie ich. Hinzu kamen die Schwierigkeiten mit dem Landlord, der zweitausend Dollar für die Hausrenovierung als Beitrag forderte und ihm bei Nichtzahlung innerhalb von vier Wochen kündigen wollte. Zu guter letzt war er auch noch an Diabetes erkrankt. Schließlich fragte er, ob ich Hunger hätte. Doch ich hatte längst beschlossen, keinen Hunger zu haben. Ich wollte nur mehr weg, bevor er mich um Geld bat und ich ihn enttäuschen mußte. Ich warf einen Blick auf die Uhr und erklärte mit großem Bedauern, ich müsse bald zum Arzt, und zwar mit leerem Magen. Der Mann praktiziere in Greenwich Village, und ich hätte hier nur einmal schnell vorbeisehen wollen. David nickte und meinte, das wäre schade, aber Termine müsse man unbedingt einhalten, besonders die bei Ärzten. Ich sagte aufmunternd, er solle nicht verzweifeln, es kämen auch wieder bessere Tage, und wünschte ihm alles Gute.

Er begleitete mich bis zu seiner Tür und sperrte auf. In sich versunken sagte er: Schade, daß du zum Arzt mußt! Ich habe soeben etwas Geld gefunden und hätte dich zum French Corner einkaufen geschickt. Er zog seine Hand aus der Tasche des Morgenmantels und strich den Schein glatt: Es war eine Hundert-Dollar-Note.

Noch auf dem Sidewalk hatte ich dieses feine Knistern im Ohr. Wieder stieß ich auf das Mädchen im Ledermantel. Sie kletterte von einer silbergrauen Kawasaki und stellte die Maschine keuchend auf den Ständer. Hi! stieß sie hervor: Ich bin Marilyn Monroe und kehre zu Arthur Miller zurück! Ich antwortete: Das habe ich mir gedacht! Nichts ist, wie man denkt, Sir! rief sie mir nach. Ich fluchte.

Andrea Jane rief ich von der nächsten Telefonzelle aus an. Sie war eine meiner ehemaligen Freundinnen. Aber die einzige, die ich einmal ohne Bedenken gefragt hatte, ob sie meine Frau werden wollte, obwohl sie mich nur gut leiden mochte, während ich sie liebte. Ich tippte ihre Nummer ein, als mir einfiel, daß sie schon vor einem Jahr nach New Jersey verzogen war. Ich drückte das Geld aus dem Automaten und wählte die Auskunft. Auf diesen Namen sei niemand gemeldet, hieß es. Ich starrte auf die Eisblumen des Glases, die wie eine Kristallgravur glänzten. Und mich fröstelte.

Der Summton des Apparats verfolgte mich bis in die 3rd Avenue. Im letzten Sommer hatte Andrea mir eine Karte mit der neuen Adresse und Telefonnummer geschickt, doch ich hatte sie verloren. Auf einmal stieß ich mit einem verschrumpelten Männchen in der Uniform der Heilsarmee zusammen. Es entschuldigte sich vielmals und fragte mich nach einem prüfendem Blick, ob ich mir ein paar Dollar verdienen wolle. Und auf die Gegenfrage, wie, antwortete es: Leicht, Sir! Kommen Sie nur!

Ich ließ mich ohne große Widerrede in eine Passage schleppen, von der aus es in ein grell beleuchtetes Zimmer ging. Eine hübsche Schwester in weißem Kittel und mit einem Häubchen stürzte sich mit einem Fragebogen über diverse Kinderkrankheiten und dergleichen auf mich und hakte eine Antwort nach der andern ab. In dem starken Formalingeruch und in der Eile, verbunden mit der in mir hochsteigenden Hitze und dem glucksenden Magen, bekam ich nicht so recht mit, was eigentlich vor sich ging. Später erinnerte ich mich nur: Der erste Widerwille regte sich, als ich in einen düsteren Saal geführt wurde, wo viele heruntergekommene Männer und Frauen auf einer Art von Liegestuhl lagen. Ein Pfleger nahm mir den Mantel ab und befahl, ich solle mich auf den nächsten leeren Stuhl legen und einen Ärmel hochkrempeln. Bald wurde mein Arm auf der Lehne festgeschnallt und mit einem Schlauch abgebunden. Zu meinem Entsetzen bemerkte ich, daß sowohl der Patient links als auch der rechts von mir nicht mehr atmete. Ein helles Gesicht beugte sich lächelnd zu mir herab, ich spürte einen scharfen Stich in der Armbeuge, und Blut spritzte wie eine Leuchtgarbe auf einen weißen Kittel, der zu einem See voller roter Fische und Quallen zerfloß. Ich schwamm zwischen Rippen menschlicher Skelette durch und gelangte zu grün wellenden Algen mit Goldzähnen als Schmuck. Ich sah in Eis gefrorene Menschenleiber und gelb pulsende Lampenschirme. Da vernahm ich eine Stimme von weit her. Sie schwoll an und hallte wütend: Sind Sie verrückt geworden?! Ich hatte mir wohl die dicke Stahlnadel aus der Vene gerissen, denn als ich mich auf dem Liegestuhl fand, preßte der Pfleger einen Wattebausch gegen die Wunde. Ich schloß die Augen und spürte, wie mein nasses Gesicht mit einem kalten Lappen abgewischt wurde. Bald hatte ich einen Verband um den Arm bekommen, und der Puls schlug wieder regelmäßig. Ich stand auf und folgte einer Schwester aus dem Saal, beschämt darüber, daß mich andere Blutspender wie einen Narren anstarrten.

In dem hellen Zimmer draußen wies die Schwester einen Pfleger an, mir die Entschädigung zu bezahlen. Der schüttelte den Kopf. Sie flüsterte ihm etwas von einer Tätowierung zu. Aber er blieb hart. Mir war alles egal. Ich wollte nur so schnell wie möglich aus dieser Gruft, ließ mir in den Mantel helfen und ging mit weichen Knien zum Ausgang. Da faßte mich ein Mann mit dunklem Gesicht und grauem Schnurrbart für eine Sekunde am Arm und steckte mir, einen unverständlichen Satz murmelnd, etwas in die Manteltasche. Ich befand mich schon in der Passage, als meine Finger eine Banknote griffen. Mit dem Tastsinn eines Blinden erfaßte ich untrüglich, daß es sich um einen Zwanzig-Dollar-Schein handelte. Mir kam plötzlich in den Sinn, warum ich den Satz des Arztes nicht gleich verstanden hatte - er hatte ihn im bodenständigen Dialekt eines Palästinensers gesprochen. Dankbarkeit und Scham drükkten mir die Kehle zu. Ich wankte in ein kaltes Winterlicht und setzte mich auf eine Bank. Bald würgte es mich in Stößen.

Um mich drängte und schob sich Leben. Allein und zu zweit, in Grüppchen und Gruppen. Die Liebespaare suchten nach dem Widerschein des eigenen Lächelns, die Mütter unterhielten sich mit ihren Kindern und die Einzelgänger schleppten volle Plastiktüten, auf denen die Namen von Geschäften prangten. Mir fiel auf, was alles ich nicht hatte. Ich fiel nur einem Polizisten auf. Fett und rosig baute er sich in seiner blauen Uniform vor mir auf und schnauzte: Sie haben die Bank angekotzt, Mister! Dabei zeigte er auf einen kleinen Speichelfleck auf dem Holz. Auf der 42nd Street pinkeln manche Kunden sogar gegen die Auslagen, ohne daß die Polizei einschreitet! sagte ich und erhob mich. Ja, die Nigger! räumte er ein. Soll ich Ihnen vielleicht schwarze Pasta besorgen?!

Ich wollte nur meine Ruhe haben und mich verdrücken. Er packte mich am Ärmel und sagte barsch, er habe mich etwas gefragt. Ich sagte barsch, ich hätte beschlossen, nicht zu antworten. Er verlangte meine Papiere. Ich gab zurück, ich hätte keine bei mir und sei auch nicht verpflichtet, welche bei mir zu haben. Er grinste breit und befahl plötzlich, ich solle die Bank und den Asphalt darunter säubern. Ich erwiderte, ich würde das tun, wenn er mir den entsprechenden Paragraphen zitieren könne. - Du Pharisäer! brüllte er in Deutsch: Dir bringe ich schon noch Manieren bei! Ich nickte und brüllte: Ihre Dienstmarke bitte! Ich zeige

Sie wegen Ehrenbeleidigung und Rassismus an! Was? schrie er zurück, während seine Rechte sich um den Gummiknüppel legte. Auf einmal rief ein Mann: Hi, Krautscheißer! Niggerfresser! Saubulle! Ein langer Schwarzer in grünem Mantel und mit gelbem Turban lief grinsend die Treppe zur Subway hinab, und der Polizist ließ von mir ab. Er jagte dem Mann mit gezücktem Knüppel nach und rempelte einen Weihnachtsmann. Der und einige Passanten verloren das Gleichgewicht. Aus dem Sack des Weihnachtsmannes kollerten Äpfel, Nüsse und Feigen. Ein filigranes Hammerwerk begann Holy Night zu spielen, und ein kleines Mädchen schrie entzückt: - Ma! Ma! Ma! Santa Claus ist aus dem Himmel gefallen!

Ich erholte mich und schlenderte zur 86th Street hinauf. In einem Supermarkt kaufte ich Toast und Eier, Zigaretten und Whisky. Dann gönnte ich mir sogar ein Hot Dog. Ich brauchte etwas Warmes. Schließlich machte ich mich auf den Heimweg.

Nach dem KAFFEE TANNENBERG, hinter dessen geschmückter Auslage sich Punschkrapfen und Mohrenköpfe türmten, änderte ich die Richtung. Ein harter Wind spielte mit dem Rauch aus den Kanaldeckeln und blies mir in Böen entgegen. Ich kämpfte wie gegen Meeresbrecher und rang nach Luft.

Im Apartment trank ich die halbe Flasche Whisky leer und legte mich auf die Couch. Ich schlief bald ein, aber ich schlief unruhig. Nach dem Erwachen dämmerte es bereits, und ich nahm den Verband ab. Mir fiel ein, daß ich der Public Library einige Bücher zuückgeben mußte. Und auch der Brief der Greatham Company & Co. kam mir in den Sinn. Ich holte den Mietvertrag aus der Dokumentenmappe und nahm einen weiteren Schluck aus der Flasche. Dann las ich im Schein der entflammten Peitschenlampe Wort für Wort, um auch die letzte Unruhe, die sich wie ein Wurm in meinem Magen regte, zu töten. Ich hatte mich nicht geirrt: Das Papier gab mir Recht.

Eine kleine Zeitschrift suchte einen Rezensenten, der Bücher jüdischer Autoren einem breiteren Publikum bekannt machen sollte.

Ich hatte die Anzeige in der Village Voice entdeckt und überlegt, ob ich mich bewerben sollte: Einerseits war ich nicht darauf scharf, Bücher zu besprechen, die andere geschrieben hatten. Zudem war der Aufwand groß und der Dank bescheiden. Andererseits konnte ich so auf recht erträgliche Art für meinen Lebensunterhalt sorgen.

Das Frühstück nahm ich ein, als die Lampe vor meinem Fenster noch hell brannte. Einen Termin für die Bewerbung gab es nicht. Als ich den Stoß Zeitungen im Treppenhaus durchgeblättert hatte, entdeckte ich zu meiner Überraschung, daß der Job schon seit Wochen ausgeschrieben war. Aus diesem Grund hielt ich meine Bewerbung nicht für sinnlos. Dann plagte mich die gegenteilige Überlegung: Vielleicht handelte es sich nur um einen jener Jobs, den manche Unternehmer zwecks Vortäuschung ihrer Prosperität ausschrieben. Ich hatte die Anzeige genauer unter die Lupe genommen und den Namen der Zeitschrift gesucht. Er war nicht angegeben.

In der Subway war es kalt wie in einem Hundezwinger.

Ich mußte stehen und sah die ganze Fahrt über durch die schmutzigen Fenster. Das Rumpeln und die Lichterketten, die sich bald dehnten, bald zusammenzogen, dann wieder die auf der Scheibe gespiegelten stummen, trostlosen Gesichter, die beim Anfahren und Halten zitternd ineinander glitten, und nicht zuletzt der Atem so vieler Menschen trug dazu bei, daß ich ein wenig benommen ausstieg.

Die Adresse führte mich zu einem Backsteinhaus in der Upper West Side. An die Tür war eine Notiz in uralter Druckschrift geheftet, daß Bewerbungen ab neun Uhr entgegengenommen würden. Also hatte ich noch zwanzig Minuten Zeit. Um nicht zu frieren, drehte ich eine Runde um den ganzen Häuserblock.

Ein Müllwagen schepperte eine Weile vor mir her. Er hielt alle paar Meter, damit die beiden Schwarzen in ihrem Overall die Blechtonnen entleeren konnten. Ein Mann rollte die Tonne mit erstaunlicher Leichtigkeit vor das Stahlmaul des Lasters, der andere hob sie mit ebensolcher hoch, hängte sie ein und drückte einen Hebel, worauf das gerippte Blech sich unter Getöse schüttelte. Ein dicker Mann mit weißer Schürze und einem Schiffchen auf dem Kopf ließ eiserne Rolläden hochrasseln und rief den Müllmännern etwas zu, worauf diese lachten.

Auf dem Broadway herrschte reger Verkehr. Es quirlte nur so von Menschen aller Rassen, vornehmlich Studenten, die zum City College oder zur Columbia University wollten. Ich suchte das nächste Lokal auf und drückte mir einen Kaffee aus dem Automaten. Die Brühe schmeckte bitter, aber sie wärmte.

Wieder das Backsteinhaus vor Augen, sah ich einen

Mann mit Bart und Aktentasche vor der Tür halten. Er steckte etwas in seine Rocktasche, drückte auf die Klinke und verschwand ins Gebäude. Ich begann zu laufen.

Die Tür war nicht versperrt. Ich trat ein und gewahrte den Mann in einer Art Halle, an deren Wänden Bilder mit religiösen Motiven hingen. Es war ein schmächtiger Kerl in einem dunklen, viel zu weiten Anzug, etwa dreißig Jahre alt, und gleich groß wie ich. Er hatte die Aktentasche auf ein Tischchen gestellt und packte fünf Bücher aus. Ich ging ohne Umschweife zu ihm und sprach ihn an.

- Ich komme wegen der Rezensentenstelle, Sir!

Er sah mich mit der Sanftmut eines Heiligen an.

- Die Stelle ist nach langer und eingehender Prüfung endlich vergeben worden, Bruder.

Er schloß die Tasche und ging zu einer geschwungenen Treppe. Ich argwöhnte, er würde ohne jede weitere Erklärung verschwinden oder sich gar in Luft auflösen.

- Das ist unmöglich! stieß ich hervor: Noch in der gestrigen Ausgabe der Village Voice war die Stelle ausgeschrieben!

Der Mann hielt und blickte zu mir herunter. Da glommen sein gelocktes Haar und sein wilder Bart an den Rändern von Licht auf, das durch das große Hallenfenster rieselte.

- Wahrlich, so ist es! sagte er.

Ich muß einen unglücklichen Eindruck gemacht haben, denn nach einem weiteren Schritt hielt er wieder und verkündete: Sie könnten mir unter die Arme greifen. Ich brauche einen tüchtigen Mann zum Bibliograpiheren und Tippen.

Ich fühlte meine Nägel auf den Handballen und erwiderte bebend: Gehen Sie zum Teufel, Sie Ausbeuter!

- Das werde ich gewiß nicht tun, Bruder! antwortete er. Und stieg die Treppe hoch. Bald krachte eine Tür zu, und der Knall brachte die Scheiben in den weißen Rahmen zum Klirren. Ich fluchte und eilte ins Freie.

Mein Zorn trieb mich rasch zur Subway zurück. Ich schalt mich einen Narren, daß ich den Haken nicht schon aus der Anzeige gewittert hatte - die Zeitschrift gehörte bestimmt religiösen Fanatikern, und mit solchen Leuten war ich noch nie gut ausgekommen. Mich ekelte bereits, wenn ich sie sah. Diese salbungsvollen Mienen, hinter denen sie ihre Anmaßung verbargen, allein die ganze Wahrheit der Schöpfung zu kennen. Ihr stupider Glaube, das Wissen von Gott persönlich empfangen zu haben. Ihre Uneinsichtigkeit den weltlichen Problemen gegenüber. Ihre sinnlose Härte. Ich war direkt froh, den Job nicht bekommen zu haben. Doch mich ärgerte, daß ich nun um zwei Dollar ärmer war.

Ich stieg am Times Square aus, um mir die Füße zu vertreten. Unter dem Leinendach eines Kinopalasts hielt ich und betrachtete die Fotos zu einem Film. Ich erinnerte mich an jene Filme, die gleich nach dem Krieg in der 2nd Avenue liefen, und spazierte weiter - ich schoß kein Raumschiff mit eintausend Mann Besatzung zum Spaß ab. Nicht einmal am Spielautomaten. Plötzlich kam mir zu Bewußtsein, daß ich alt war.

Während brutzelnde Hühner hinter einer Glasscheibe an mir vorüberzogen, überlegte ich, ob ich mir eine Portion leisten sollte. Da hörte ich eine bekannte Stimme dicht hinter mir. Sie rief meinen Kosenamen. Ich wandte mich um und blickte in zwei rehbraune Augen in einem von weißem Pelz umrahmten Gesicht. Der Hagel roter Küsse und die Überraschung, verbunden mit einer gewissen Verlegenheit, ließen mich nur die Hälfte des Wortschwalls verstehen. Ich bekam aber mit, daß Isabelle gerade an mich gedacht hatte, ihre Maschine um Mitternacht ging und sie mich zu einem exklusiven Dinner einlud. Darauf räumte ich ein, daß ich der Einladung gern nachkommen würde, hätte ich nur die richtige Garderobe. Sie beschimpfte mich als Snob umd Schuft, hakte sich bei mir unter und zog mich trotz meines Protests fort: Ich sollte alles ihr überlassen.

Das Hotel, in dem sie abgestiegen war, hatte ich bisher nur von außen gekannt. Uniformierte Doormen mit Revolver und livrierte Diener, wartende Chauffeure und Boys. Ehe ich begriff, was sie mit mir machte, hatte ich eine große dunkle Brille auf der Nase. Ein Livrierter hielt uns die Glastür auf und verneigte sich.

In der mäßig vollen Halle aus Glas, Chrom und Marmor ging Isabelle sofort auf einen jüngeren Mann in Seidenanzug und mit roter Brille auf der kleinen Nase zu.

- Einen ruhigen Tisch für Mr. Zagros Gulbenkian und mich! sagte sie mit freundlicher Bestimmtheit. Mr. Gulbenkian ist Gast der Los Angeles Times und möchte von niemandem belästigt werden!

Das eisige Lächeln des Mannes schmolz, während ich mit unbewegter Miene an das gute Dinner dachte.

- Wie Sie wünschen, Madam! antwortete er beflissen.

Ich merkte, wie er überlegte, ob ich Mr. Five Percent

persönlich war oder einer seiner Brüder. Dann kniff er die Lippen und gab seine Anweisungen.

Der Private Dining Room war fast leer und bestach durch seine Schlichtheit - eine Rose in jeder Vase, gedrehte Kerzen und Licht aus hohen Gardinenfenstern. Uns wurde eine Nische ohne Telefon angeboten, die wir dankend annahmen. Isabelle bestellte bald zwei Cocktails, nicht ohne auf mein Nicken zu warten, und als der Kellner verschwand, lachte sie sich still ins Fäustchen. Sie trug ein schwarzes Kostüm, das um die Hüften gerafft und bis zu den Brüsten hinunter durchbrochen war; den hohen Stehkragen zierte eine Goldbrosche. Ich steckte in meinem verschossenen blauen Staubmantel, den ich bestimmt nicht ausziehen wollte. Aber ein Mr. Zagros Gulbenkian konnte sich das leisten.

Als ein anderer Kellner sich nach den weiteren Bestellungen erkundigen wollte, ließ Isabelle ihn geschickt etwas warten. Sie erzählte ihre berufliche Karriere in geraffter Form, als wäre dies die Voraussetzung für ein Interview. So erfuhr ich, daß sie nach der Stelle beim New Yorker als Korrespondentin der Los Angeles Times in Europa arbeitete, nach ihrer Rückkehr aus Paris Vizedirektorin und seit einem Jahr sogar Mitherausgeberin des Blattes war. Ich saß da wie ein Papst und nickte ab und zu, und im Klingeln ihrer goldenen Armreifen schleierten Bilder aus unserer gemeinsamen Vergangenheit vor mein geistiges Auge: Isabelle war lange genug meine Freundin gewesen, um mich gut zu kennen, aber nicht so lange, um unter meiner Erfolglosigkeit zu leiden. Als wir uns das letzte Mal sahen, war ich Bibelverkäufer, hatte meinen dritten Roman beendet und mit dem vierten begonnen. Nun waren fünf Jahre vergangen, und ich war nur älter geworden.

Schon während der Vorspeise wollte Isabelle wissen, ob ich einen Job hatte. Wie immer war sie neugierig und besorgt in einem. Ich sagte, ich arbeitete an einem neuen Roman und hätte mir deshalb einen längeren Urlaub genommen. Sie schlug verstehend die Hände zusammen und hieß mich einen unverbesserlichen Zeloten. Ich erklärte, daß Literatur nichts für Pharisäer sei. Man müsse alles investieren, was man habe, und bald gebe es kein Zurück mehr. In der Regel ziehe sich das über viele Jahre hin, ohne daß man auch nur den geringsten Erfolg verbuchen könne. Man werde sarkastisch, dann zynisch, und um die Demütigung und den Spott auszuhalten, fange so mancher zu trinken an. Schließlich komme man in die Situation, wo einem alles gleichgültig werde. Man gehe seelenruhig schlafen und spreche sein Gebet: So lange du nicht verhungerst und schreiben kannst, ist der Himmel auf deiner Seite. Wirst du krank oder hilflos, schießt du dich in die Hölle. Niemand hat dich als Lebender vermißt, also wirst du auch als Toter niemandem abgehen. Und wenn du mit dieser Aussicht nicht leben kannst, bist du kein Schriftsteller. Alles andere ist Lüge.

Sie schwieg und starrte mich an, als säße sie einem Verrückten gegenüber. Dann zog sie sich seufzend an ihrem kleinen Ohr und fragte verstört:

- Wovon lebst du nun?

Ich lächelte.

- Wovon alle Menschen leben: von Arbeit natürlich.

Ich berührte kurz ihre Hand und ergänzte:

- Von Zeit zu Zeit jedoch erbarmt sich der HErr und schickt mir einen Engel, der mich festlich bewirten läßt. So bin ich entgegen aller düsteren Prophezeiungen wohlmeinender Freunde noch immer nicht verhungert.

Sie kicherte und legte erschrocken darüber, wie laut sie war, eine Hand auf den Mund. Dann sagte sie leise, sie würde nachdenken, wie sie mir helfen könne. Ich gab zurück, einem Schriftsteller könne niemand helfen. Auf die Frage, was für ein Gefühl ich bei meinem neuen Roman hätte, antwortete ich, ein gutes, sonst könne ich nicht schreiben.

- Es ist nur eine Frage der Zeit, bis auch jene Schriftsteller gedruckt werden, die nicht unmittelbar über ihr Land schreiben. Bald schon werden mich weniger Sorgen drücken. Das weiß ich!

Nach dem Salat wurde eine Pilzsuppe mit süßem Rahm und frischen Kräutern serviert. Das erfüllte mich mit Andacht, wie es kein Gottesdienst geschafft hätte. Ich hatte die Zusammenstellung des Menus allein Isabelle überlassen, sie kannte meinen Geschmack. Zudem war ich ihr das als Mr. Gulbenkian schuldig. Und sie enttäuschte mich nicht. Als Hauptspeise gab es einen mit gehacktem Fleisch und Pistazien gefüllten Fasan in Wacholdersauce, dazu Weinkraut mit Ananas und eine Flasche Chablis. Der Wein ließ Isabelles Wangen erglühen und machte sie noch redseliger. Zum Glück spielte sie ihre Rolle so gut, daß auch meine nicht unglaubwürdig wurde.

Die Nachspeise, Mascarpone und Obst, war für ihren kleinen Magen zu viel. Aber nicht für meinen. Ich hatte schon vor langem gelernt, auf Vorrat zu essen. Den Espresso und den Armagnac jedoch ließen wir uns beide nicht entgehen.

Als wir das Early Dinner mit Pralinen abrundeten, war es etwa zwei Uhr. Isabelle erkundigte sich, ob ich sie ins nächste Kaufhaus begleiten würde, um ein Geschenk für ihr Kind auszusuchen, das sie ihm in meinem Namen bringen wolle. Ich fragte erstaunt, ob sie verheiratet sei. Sie verneinte und zeigte mir ein Foto. Es war das Bildnis eines Jungen mit großen ernsten Augen und der Andeutung eines Lächelns. Er hatte schwarzes Haar und einen dunklen Teint. Ich betrachtete das Foto mit einer gewissen Scheu. Isabelle sagte, der Junge könne auch von mir sein. Aber nur dem Aussehen nach, denn er sei erst drei Jahre alt. Trotzdem kenne er mich gut und wünsche sich ein Geschenk und einen Brief von seinem Onkel Viktor in New York. Ich war sprachlos.

Der Himmel glänzte blau, und der Wind blies kräftig. An der ersten Kreuzung schon nahm er uns für Sekunden den Atem. Doch ich spürte die Kälte nicht. Isabelle hatte sich bei mir untergehakt und erzählte von ihrem Kind. Wir betraten den nächsten Department Store. Ich sah mich um und fand bald, was ich mir vorgestellt hatte.

Während Isabelle noch geschäftliche Besorgungen machte, saß ich in der Cafeteria bei einem Kaffee und schrieb einen kurzen Brief. Das berührte mich seltsam. Einerseits fühlte ich mich mehr als Vater denn als Onkel, andererseits war ich beides nicht. Vielleicht aber fiel es mir gerade deshalb nicht schwer, die richtigen Worte zu finden.

Um den Ruf ihrer Zeitung nicht zu gefährden, sollte ich nach Einbruch der Dunkelheit über den Lieferanteneingang in ihr Apartment kommen. Sie habe gerade Blumen bestellt, die ich nur mehr unter meinem Namen abzuholen brauche. Doch bloß, wenn mir das alles nicht zu peinlich sei. Ich sagte, ein Zelot könne sich das Gefühl der Peinlichkeit nicht leisten. Sie lachte auf und hieß mich einen Pharisäer. Dann verabschiedeten wir uns mit einem flüchtigen Kuß.

Die Blumen waren lang und gelb, eine Schnittwelle von Gladiolen, hinter denen ich meinen ganzen Oberkörper verstecken konnte. Außer einer fülligen Schwarzen mit einem Staubwedel und einem Hausdiener mit Schlitzaugen traf ich auf kein Personal. Der Asiate wies mir so höflich den Weg, als wäre ich ein berühmter Mann in Verkleidung. Ich sei ein guter Schauspieler, platzte Isabelle heraus, als sie die Tür schloß und mir die Blumen abnahm. Ich gab zurück, ich würde nur mich selbst spielen.

Ich schlüpfte aus dem Mantel und sah Isabelle zu, wie sie die Blumen einfrischte. Ihr französischer Charme verbunden mit amerikanischem Optimismus und wohl auch der berufliche Erfolg hatten ihr eine Reife und Schönheit verliehen, die sie noch anziehender als vor fünf Jahren machten. Ich dagegen fühlte mich noch immer als Europäer mit dem langen Gedächtnis eines Juden und dem Charme eines alternden Waschbären. Daß sie mich trotzdem sehr gern mochte, war mir ein Rätsel. Aber ich verstand die Frauen ohnehin nicht: Bis in meine späten Zwanziger hatte ich mich um Liebschaften bemüht, und der Erfolg war bescheiden gewesen; dann rührte ich keinen Finger mehr, und die Frauen bemühten sich um mich. Oft hatte ich mich am Telefon verleugnen lassen, weil ich fürchtete, mir bleibe sonst zu wenig Zeit zum Schreiben. Erst seit ich in Yorkville wohnte, hatte ich wieder Luft bekommen. Ich war mit meiner Adresse geizig umgegangen.

Bald brachte ich Isabelle die Rosenseife, die sie in der Handtasche vergessen hatte. Da war sie ein gespannter Bogen, der sich unter der Brause wand. Es erfüllte mich mit Spannung, meine frühere Geliebte etwas anders zu erblicken, als sie in meiner Erinnerung geborgen war, nun mit weicheren Rundungen dort, wo ich sie mittlerweile schätzte. Ich starrte sie wohl an wie ein dummer Junge, der zum ersten Mal eine nackte Frau sieht, denn sie fragte lachend, ob ich mich bekleidet unter die Dusche stellen wolle. Doch ich hatte wenig Lust, mich auf dem Heimweg in einen Eismann zu verwandeln. Ich stieg ohne Kleider zu ihr und zog den Vorhang hinter mir zu. Während der Abgrund ihrer frischen Nacktheit im Dunst versank, schlug ihr Puls mein Fleisch wach, und als ich die roten Nägel auf dem Rücken spürte, übertönte das Hämmern in meiner Brust das Rauschen des Wassers.

Heute fühlte ich mich nicht wohl. In der Nacht hatte ich die ganze Flasche Johnny Walker getrunken, die Isabelle mir schenkte, bevor sie zum Flughafen fuhr. Mein eigener Whisky bedeckte gerade noch den bauchigen Grund, und der Vorrat an Lebensmitteln war auf drei Scheiben Toast und etwas Marmelade geschrumpft. Zum Glück hatte ich noch Ahornsirup. Isabelle hätte mir gern eine größere Summe geliehen. Das heißt geschenkt. Aber das wäre mir peinlich gewesen.

Ich blieb lange im Bett. Es war Sonntag, und den Sonntag mag ich nicht. Ich döste mit dem Gesicht zum Sessel hin, dessen Lehne als Kleiderbügel diente. Im ganzen Apartment duftete es nach dem Parfum von Isabelle. Das zauberte mir schöne Träume und Phantasien herbei. Als Mrs. Dolorosas Baby mich zum dritten oder vierten Mal weckte, stand ich auf. Da war es Mittag.

Ich trank zwei Tassen Kaffee ohne Zucker und versuchte, an meinem Roman weiterzuschreiben. Obwohl ich mich abmühte, kam ich nicht über einen Satz hinaus. Dabei wußte ich genau über den Bogen der Handlung Bescheid. Nach zwei Stunden gab ich auf und las. EL CORONEL NO TIENE QUIEN LE ESCRIBA. Als mein Kreuz schmerzte, ging ich auf und ab und streckte mich. Schließlich hielt ich vor dem Fenster: Im ersten Stock über dem Tabakladen nähte eine alte Frau, und auf dem Sidewalk jagte ein dicker Mann spielende Kinder von seiner Limousine weg. Kaum, daß er seine Schaufel wieder aufgenommen hatte, wurde er von Schneebällen getroffen. Er hetzte den Kindern ein paar Yards nach. Vor zwei alten Damen in Mantel und Pelzmütze hielt er und zog die Mütze.

Dann tauchten Mr. Dolorosa und Mr. Smith in mein Blickfeld. Sie begegneten sich vor der Spanish Grocery. Der Mann meiner Nachbarin war ein junger Kerl mit Geiergesicht und Locken und arbeitete als Möbelpacker. Er wollte dem korpulenten Veteranen den Vortritt lassen. Der lehnte salutierend ab. Und das sah komisch aus, denn er steckte in Hemd und Hose mit Trägern. Mr. Smith war in Vietnam am Kopf verwundet und deshalb pensioniert worden.

Als es dunkelte, hatte ich den Roman wieder einmal zu Ende gelesen. Um die Augen zu entspannen, trat ich erneut ans Fenster: Die Alte über dem Tabakladen war nur mehr ein grauer Fleck hinter Gardinen, die Kinder hatten sich verzogen. Aber die beiden Damen in Mantel und Pelzmütze gingen wieder in jenes Haus, aus dem sie gekommen waren.

Später zog eine Gruppe junger Mädchen und Burschen durch die Straße. Alle in Parkas und glänzenden Hosen, Irokesen-Frisur und Jogging-Schuhen. Einer von ihnen bot mit einer großzügigen Geste Zigaretten an, wobei drei oder vier aus dem Päckchen geschleudert wurden. Sie fielen in eine verschneite Parklücke. Keiner der jungen

Leute machte sich die Mühe, nach ihnen zu suchen. Ich suchte sie dann. Und bückte mich. Dabei tat ich, als würde ich mein Schuhband knoten.

Die Tür zum Treppenhaus wurde mir von Mr. Smith aufgehalten. Das machte mich verlegen, weil ich fürchtete, er habe mich beobachtet. Er grinste feist und sagte: Bitte, Sir! Jetzt trug er einen karierten Anzug, Mantel und Hut. Ich nickte und sagte: Danke, Sir!

Ich trocknete die drei Zigaretten auf dem Heizkörper und toastete meine letzten Scheiben Brot. Unterdessen begann Mr. Aziz auf der Geige zu spielen. Es war wohl Vivaldis *Winter*. Ich erinnerte mich plötzlich, wie schön New York schien, als ich mich an Bord der Lousiana dieser riesigen Stadt näherte - sie war ein Haufen glitzernder Eisklötze, deren Widerschein man schon aus zehn Meilen Entfernung sah. Und ich weiß auch nicht, warum ich auf einmal einen Kloß im Hals fühlte.

Nach der Mahlzeit blätterte ich in einer Zeitung, die ich im Treppenhaus gefunden hatte. Sie stammte vom heutigen Tag. Ich las die neuesten Nachrichten. Aber sie schienen mir uralt. Auch die Stellenangebote sah ich durch. Da fiel mir ein, daß ich ja noch meinen Bonus zu bekommen hatte. Das hatte ich beinahe vergessen.

Gegen neun Uhr wollte ich frische Luft schöpfen. Ich klinkte die Sicherheitskette aus und hörte das Gepolter umstürzender Sessel. Es drang aus dem Apartment von Mr. Smith. Vom Wortwechsel zwischen dem Veteranen und einer Frau bekam ich nur mit, daß die beiden sich nicht gut verstanden. Als ich zur Treppe vorkam, hörte ich noch gedämpft Flüche.

Draußen war es kälter als erwartet. Im Schein der Peitschenlampen und Reklameleuchten sah man förmlich, wie die letzten nassen Stellen auf dem Asphalt anzogen. Aus einer Kellerwohnung drangen die Klänge eines karibischen Himmels. Vor dem LILI MARLEN begrüßten sich alte Damen und Herren in einem seltsamen Gemisch aus Englisch und Deutsch. Eine Querstraße weiter glühten Jalousien gelb auf, und mächtige Hackschläge drangen heraus. Das wunderte mich, schließlich war Sonntag. Im Vorbeigehen erblickte ich ein Schild mit schwarzen gotischen Lettern. DEUTSCHES GESCHÄFT. Das Auspuffgas eines Busses ließ mich nach Atem ringen.

Ein dunkler fauliger Geruch, der vom East River herüberwehte, verfolgte mich nach Hause bis zur Außentreppe. Eine jüngere Frau in Pelzjacke, geschminkt wie ein Papagei und mit Kirschen aus Plastik auf dem Hut, stökkelte mir entgegen. Doch ich sah sie mir nicht genauer an, weil ich mich nach der Wärme meines Apartments sehnte.

Der Schlüssel fühlte sich an wie ein Eiszapfen, die klammen Finger gehorchten nicht recht. Ich fluchte. Als ich das Schloß aufbrachte, hörte ich einen Mann schluchzen. Ich sah mich um. Ich vernahm knarrende Dielen und das Klirren von Glas. Der gelbe Spalt unter der Tür von Mr. Smith erlosch, und Federn krachten. Dann war mein Herzschlag das einzige, was ich hörte.

Bevor ich mich auf den Weg zur Public Library machte, räumte ich mein Postfach. Darin sperrten sich viele Prospekte. Der Scheck für meinen Bonus war nicht dabei. Das enttäuschte mich. Dann sagte ich mir, daß mein Besuch erst eine Woche zurücklag, Mr. Masavelli ein korrekter Mann war und die Post oft langsam arbeitete. Es gab also keinen Grund, nervös zu werden.

Zur Public Library ging ich zu Fuß. Als ich den Eingang erreichte, mußte ich den Mantel erst einmal schütteln, so stark schneite es. Eine Rothaarige mit bandagierten Beinen nahm meine Bücher zurück. Ihre Brüste zitterten bei jeder Bewegung, und man sah ihren Halter durch die Bluse. Die Frau sah sich meine Leihkarte an und sagte muffig, ich hätte eine Strafgebühr von einem Dollar und fünfzig Cent zu zahlen. Ich fragte, seit wann man in einer öffentlichen Bibliothek zu zahlen hätte. Sie sind der erste, für den diese Gebühr gilt! sagte sie gereizt: Wollen Sie Schwierigkeiten machen?

Ich wollte nicht. Fast den ganzen Tag über blieb ich im Lesesaal. In den Pausen, in denen ich mir die Füße vertrat oder einfach auf dem Sessel vor mich hinstarrte, bemerkte ich zum ersten Mal, wie stark das Publikum sich verändert hatte: Noch vor wenigen Monaten sah man hier neben Studenten, Hausfrauen und Leseratten wie mir kaum andere Leute. Jetzt mischten sich immer mehr Bag-Ladies darunter. Sie benützten ihre Plastiksäcke, in denen sie ihre gesamte Habe trugen, als Kopfkissen und schliefen geräuschlos.

Als es dunkel wurde, versuchte ich erneut, die Adresse von Andrea Jane über die Telefonnummer zu bekommen. Ohne Erfolg. Ich verfluchte das Land, weil es keine Meldepflicht gab, nahm jedoch bald wieder alles zurück, als ich an Mitteleuropa dachte. Ich rief Mr. Lawterny an. Der Alte erkannte mich sofort und war sehr freundlich. Seine Tochter führte nun den Laden, das war mein Pech. Ihre Höflichkeit war schneidend und ließ mich nicht auf das eigentliche Problem zu sprechen kommen. Ich fühlte, wie sie auf meinen Kniefall wartete, nachdem ich einmal zu ihr ins Bett gestiegen war, ohne mehr als mein Vergnügen zu suchen. Doch wenn ich immer nur aus Liebe mit einer Frau geschlafen hätte, wäre ich längst verhungert. Mir tat nur leid, daß ich Sarah falsch eingeschätzt hatte. Als ich einen runzeligen Mann mit großer Zeitung neben dem Glassturz warten sah, nahm ich ihn zum Anlaß, mich höflich zu verabschieden.

Ich entschuldigte mich bei ihm wegen des langen Gesprächs. Aber der Zwerg hielt mir nur seine Zeitung unter die Nase und sagte verbittert: Acht Tote bei einem Terroranschlag auf einen Kibbutz! Das Blut der Unschuldigen schreit zum Himmel! Ich nickte und sagte: Trösten Sie sich! Es ist nur eine Frage der Zeit, bis unsere Maschinen in den Himmel steigen und ihre Bomben über dem Libanon abwerfen! Er nickte heftig und faltete die Zeitung mit der Sorgfalt eines Archivars. Plötzlich erlosch der Glanz seiner Augen. Er schob sich den Hut in den Nacken und erwiderte: Aber die Racheengel treffen vielleicht auch ein paar Unschuldige!

- Der Gott der Rache kennt keine Unschuldigen!

Ich ließ ihn stehen und wandte mich dem Ausgang zu, hinter dessen Glasfront der Schnee in rötlichen Flocken tanzte, als hätte er sich entzündet.

- Aber unser HErr ist auch ein Gott der Barmherzigkeit!

- Gewiß! antwortete ich. Aber wie viele Menschen wissen das?!

Der Weg schien lang, obwohl er kurz war. Das Wort EXIT schwankte mir leuchtend entgegen. Da hallte es verzweifelt:

- Trotzdem!

- Sicher!

- Ihr Herz wird Ihnen noch zum Verhängnis werden!

Der letzte Satz blieb mir den ganzen Weg über im Gedächtnis. Warum, weiß ich auch nicht. Das ärgerte mich. Denn wenn man sich zu viele Worte von Verrückten merkt, wird man bald selbst verrückt.

Im Treppenhaus kontrollierte ich erneut das Postfach. Aber dieses Mal in Gesellschaft. Ein Flurnachbar in meinem Alter, ein Barmann namens Johnson, sprach mich an. Er wollte wissen, ob ich Post erwartete. Ich nickte. Und da ich nichts ans Licht fördern konnte, tröstete er mich. Man muß Geduld haben, Mister, sagte er. Ich schloß das

Fach und ergänzte: Geduld wie jener kolumbianische Oberst, der fünfzig Jahre lang auf seine Pension wartete und für seinen Kampfhahn hungerte.

Auf der Toilette fragte ich mich, ob ich Mr. Masavelli anrufen sollte. Nach einigem Für und Wider entschied ich mich dagegen - Armut ist schlimm, sie aber zugeben zu müssen, demütigend. Nach den Ausgaben für die Telefongespräche und die Fahrten mit der Subway, nach der Strafgebühr in der Public Library und dem Einkauf im Supermarkt besaß ich noch genau zwei Dollar und fünfundzwanzig Cent. Dafür hatten in dieser Stadt schon einige Leute eine Klinge zwischen die Rippen bekommen.

Zu meinem Pech ging auch noch das Toilettpapier aus. Und im Schrank fand ich nicht ein sauberes Hemd. Das war unangenehm. Schließlich konnte man nicht lange wie ein Schwein herumlaufen, ohne für eins gehalten zu werden. Gott sei Dank hatte ich genügend Seife. Ich wusch drei Hemden in einer Art von Lauge und breitete sie über die Heizrippen. Ich räumte auf und trug den Müllsack vor das Haus.

Es schneite sanft und pausenlos. Die Autos glitten wie in Pelz gehüllt und mit glosenden Augen die Einbahnstraße hinauf, während die Passanten in dicker Kleidung und zum Teil mit Schirm durch den Winter stapften. Alle Geräusche drangen gedämpft an mein Ohr. Mir schien, als müßte auch der lauteste Schrei nach wenigen Yards ersticken.

Im Treppenhaus begegnete ich Mr. Aziz. Der alte Buchhalter verschnaufte zwischen zwei Koffern aus Pappe mit metallenen Beschlägen an den Ecken und tupfte sich die Stirn mit einem grünen Tuch ab. Im Vorbeigehen fragte ich, ob ihm gekündigt worden sei. Er rückte seinen schwarzen Geigenkasten, den er sich mit einer Schnur um den Hals gehängt hatte, zwischen Arm und Körper und nickte. Ich hielt und erkundigte mich nach dem Grund. Und setzte hinzu - nachdem er geantwortet hatte: aus keinem legalen - er brauche das Apartment nicht zu räumen. Da lächelte er bitter und erklärte, daß es für ihn seit sechsunddreißig Jahren nur ein Recht gebe und er nicht die Absicht habe, sich deshalb ermorden zu lassen. Ich wollte ihm sagen, er solle nicht übertreiben. In diesem Moment griff er bereits in die Laschen seiner Koffer und ließ sich von ihrem Gewicht die Stufen hinabziehen. Ich starrte ihm nach, wie er kleiner und kleiner wurde. Das irritierte mich, schließlich war er gleich groß wie ich.

Ich griff nach meinem Schlüssel, als mir der eigene Räumungstermin in den Sinn kam. Ich machte kehrt und rannte die Stiegen hinunter. Auf der Außentreppe hielt ich und blickte in beide Richtungen. Der Schnee flockte so dicht vom Himmel, daß man keine zehn Yards weit sah. Ich folgte den frischen Fußspuren bis zum Sidewalk. Aber ich konnte nicht mehr feststellen, wohin Mr. Aziz gegangen war.

Weil ich nur Pantoffeln trug und zu tief in den Schnee gesunken war, mußte ich die Socken wechseln. Da rasselte die Klingel. Mr. Smith erkundigte sich, ob ich mich bei elektrischen Geräten auskannte - er habe gehört, ich sei in der Navy Funker gewesen und hätte sogar auf einem Leuchtturm gedient. Ich fragte mich, woher er das wußte und warum er mich um einen Gefallen bat. Um nicht unfreundlich zu sein, folgte ich ihm gleich.

Sein Toaster hatte einen Kurzschluß. Ich reparierte das alte Gerät innerhalb von fünf Minuten, während er mir interessiert zusah. Als die Spiralen erglühten, freute er sich. Er schenkte mir einen doppelten Bourbon ein, und wir prosteten uns zu. Sein Apartment war gleich schäbig wie meins. Trotzdem kam es mir freundlicher vor. Dann merkte ich, warum. Sein Fenster hatte Gardinen, und auf einer Kommode stand ein gerahmtes Foto, das ihn mit einer Frau und zwei kleinen Kindern zeigte. Er strich sich über die Tränensäcke und erzählte ein bißchen von seinem Leben. Als Berufssoldat war er viel herumgekommen, zuerst in Korea, dann in Europa und im Fernen Osten. Leider hatte er eine Frau geheiratet, die den ganzen Tag über vor dem Spiegel hockte und Liebhaber empfing, wenn der eigene Ehemann seinen Dienst versah. Immer wieder waren sie deshalb in Streit geraten, und mehrmals hatte er sie verprügelt. Eines Tages hatte er seine Wohnung verlassen und ausgeräumt vorgefunden. Er seufzte und schwieg eine Weile. Um seine Frau tat es ihm nicht leid, aber um seine Kinder. Er wußte bis heute nicht, wo und wie sie lebten. Sie mußten nun siebzehn und achtzehn Jahre alt sein. Vielleicht trat einer in die Army ein, dann würde er sie alle finden: er habe so seine Verbindungen, setzte er gewichtig hinzu.

Tatsächlich tat mir Mr. Smith leid, denn von dieser Warte aus kannte ich ihn nicht. Aber ich kannte niemanden in diesem Haus näher, von Mrs. Dolorosa vielleicht abgesehen. Er schenkte mir das Glas wieder voll, und wir prosteten uns noch einmal zu. Er erzählte weiter aus seinem Leben. Nach dem vierten Glas Bourbon stand ich auf und wollte mich verabschieden. Da fiel mir die Kündigung ein. Ich fragte, ob er wisse, daß Mr. Aziz gekündigt worden sei. Er überlegte und antwortete, wir brauchten uns keine Sorgen zu machen, schließlich seien wir echte Amerikaner. Ich sagte, ich sei in Europa geboren. Er stand auf und erklärte wankend, alle echten Amerikaner stammten aus Europa. Und was die Juden betreffe - er habe nichts gegen sie. Darauf leerte ich mein Glas und verabschiedete mich.

Auf dem Flur stieß ich auf Mrs. Dolorosa. Sie steckte in einem neuen Anorak und schwebte in einer Wolke aus Parfum. Ich fragte gereizt, ob sie die Absicht habe, ihre Schulden zu begleichen. Sie schmollte und fragte spöttisch zurück, ob ich auch so ungeduldig wäre, wenn sie zu mir ins Bett kriechen würde. - Nein! erwiderte ich: - Schließlich wären dann alle meine Probleme gelöst!

Ich steckte meinen Kopf unter den Wasserhahn. Bald war mir, als schlüge jemand mit einem Stock gegen die Schläfen. Plötzlich rasselte es wieder. Ich trocknete mein Haar und öffnete die Tür: Ein großer Mann in Lackmantel und mit einem Hut stand wie eine von hinten beleuchtete Statue im Flur. Ohne die Hände aus den Taschen zu nehmen, sagte er, er komme im Auftrag der Greatham Company & Co. und wolle mich nur daran erinnern, daß ich das Apartment bis zum 15. Dezember um 12 Uhr nachts geräumt haben müsse. Da packte mich blanke Wut.

- Ich werde gar nichts räumen! brüllte ich, während ich die Tür zuknallte und die Kette einklinkte. - Und wenn Sie sich noch einmal blicken lassen, fallen Sie bestimmt die Treppen hinunter, Mister!

Der Mann lachte und erwiderte:

- Spielen Sie nicht den Helden, Levy! Das liegt Ihnen nicht!

- Das haben die Araber sich auch gedacht, Mister! Und den Ausgang kennen Sie ja wohl!

Wieder schallte Gelächter, aber es entfernte sich. Ich steckte mir eine Zigarette an und legte mich auf die Couch: Mir wurde langsam klar, daß die Kündigung auf keinem Irrtum beruhte - man wollte mich nicht als Mieter, so einfach war das. Aber ich konnte mir den Grund nicht vorstellen. Nicht hier in Amerika. Zwar gab es Gerüchte, laut denen die Company die ehemals rein weiße Gegend wieder rein weiß machen wollte. Doch man konnte nicht jedem Gerücht glauben. Von einer Boulevard-Zeitung waren ihr etliche Betrügereien angelastet worden, aber das Blatt hatte die Anschuldigungen wieder zurückziehen müssen. Sogar Flugzettel, die vor der farbigen Unterwanderung warnten und zum Kampf aufriefen, hatte ich schon in die Hand bekommen. Tatsächlich geschehen war in dieser Hinsicht nichts. Und ich hatte es ein für alle Mal satt, jede Einschüchterung ernst zu nehmen und das Feld kampflos zu räumen.

Dann vernahm ich Schritte. Sie stammten vom Apartment über mir und klangen, als vertrete sich jemand geduldig die Zeit. Ich dachte an eine Sinnestäuschung, weil über mir schließlich kein Mensch wohnte. Als sie bestimmter wurden, als der Magen und der Whisky mir zusetzten und als ich auch noch Kopfweh bekam, beschloß ich, diese Schritte einfach nicht mehr zu hören.

Und ich hörte sie bald nicht mehr.

Als ich mein Gesicht im Spiegel betrachtete, kam es mir auch verändert vor. Aber nicht so stark, wie Mrs. Dolorosa behauptet hatte: Sie suchte mich auf, um sich für die unverschämte Bemerkung von gestern Abend zu entschuldigen. Bei der Gelegenheit bat sie gleich, ihr mit der Rückzahlung der zehn Dollar noch etwas Zeit zu lassen. Ich erklärte mich einverstanden, und sie war verblüfft. Ich dachte nur, daß es keinen Sinn hatte, Geld zu fordern, das sie nicht besaß. Bevor sie ging, blickte sie mir in die Augen. Ich zuckte mit keiner Wimper. Da sagte sie fröstelnd, sie wünsche niemandem, mich zum Feind zu haben. Ich sagte, das würde ich mir auch nicht wünschen.

Meine Faulheit hinderte mich daran, den Wasserhahn zu reparieren. Er tropfte etwas, und ich legte einfach einen Lappen in das Becken. Laut meiner Tante, die mir zehn Jahre lang meine vergasten Eltern ersetzt hatte, war das Praktische ohnehin nicht meine Sache. Und das Kaufmännische leider noch weniger. Das bereitete ihr einigen Kummer, denn sie besaß einen Feinkostladen in der Bronx, den ich hätte übernehmen sollen. Als sie überraschend starb, und ich den Notar aufsuchte, wurde mir zu meinem Erstaunen mitgeteilt, daß sie bankrott gemacht hatte. So mußte ich mein Sprachstudium im dritten Jahr aufgeben, denn ich konnte das Geld für die Gebühren nicht aufbringen. Ich war der letzte meiner Sippe.

An diesem Tag machte ich mich auf, um einen Job zu suchen. Ich spazierte die 2nd Avenue hinab bis zur 50th Street. Die kleinen Geschäftsleute musterten mich, als wäre ich ein Sträfling, und sie stellten Fragen, deren Antworten im vorhinein feststanden. Wohl ein Dutzend Mal wurde ich abgewiesen. Schließlich hatte ich Lust zu sagen, ich wolle keinem Menschen die Beschäftigung wegnehmen, ich brauchte nur etwas Geld. Das sagte ich dann tatsächlich. Aber ich mußte rasch das Weite suchen, denn man drohte, mir den Hals umzudrehen. So wurde ich wieder einmal daran erinnert, daß die Wahrheit unverschämt ist.

Gegen Mittag schlenderte ich in mein Viertel zurück und geriet irrtümlich bis zur 97th Street hinauf. An einer Kreuzung sang eine Schwarze. Sie trug einen Staubmantel und stand auf einer Holzkiste. Ein Blinder, dessen Füße nackt in Halbschuhen steckten, hockte daneben und hielt seinen Hut auf. Die Frau war bestimmt jünger als ich, sah jedoch älter aus. Sie kam wohl aus einer jener Straßen, wo nachts brennende Öltonnen auf den Gehsteigen standen. Sie hatte ein verweintes, von Schweiß glitzerndes Gesicht, aber sie sang laut und schön, wie es nur schwarze Menschen können. Ich hörte eine Weile zu. Als ich gehen wollte, weil fremde Armut mich immer auch an die eigene erinnert, warf sie mir einen Blick zu. Ich starrte in die Augen eines verwundeten Tieres und konnte nicht umhin, meine Börse zu ziehen. Ich warf einen halben Dollar in den Hut.

In meinen vier Wänden machte ich mich über einen neuen Roman her, den ich mir von der Public Library geliehen hatte. THE LIGHTHOUSE. Ich las, bis ich ein Kratzen und Schaben vernahm. Mit steifem Genick sah ich unter die Couch, um die Falle zu kontrollieren: Der Speck war verschwunden, der Bügel noch gespannt. Ich fluchte. Doch hatte ich tatsächlich geglaubt, man könne eine Ratte mit einer Mausefalle schnappen?

Als der Magen sich meldete, kam mir der Leichtsinn zu Bewußtsein, den ich mir mit dem Almosen geleistet hatte. Ich suchte in den Laden des Küchenschranks nach ein paar Dimes. Ich fand keine. Ich stülpte die Taschen meiner wenigen Hosen und Jackets um, in der Hoffnung, eine kleine Banknote sei einer meiner Kontrollen entgangen. Auch dieses Wunder war wieder einmal nicht geschehen. Schließlich fiel mir nichts Besseres ein, als mein großes arabisches Wörterbuch zu versetzen.

Das gelang mir bei Einbruch der Dunkelheit. Der Erlös reichte für eine Stange Toast, eine Packung Franks und Zigarettenpapier. Ich brauchte also nur mehr Tabak. Zu diesem Zweck suchte ich die Herrentoilette des Supermarktes auf und kippte den Inhalt der metallenen Ascher in eine Plastiktüte. Weil die Beute bescheiden war, schlich ich mich auch in die Damentoilette - Damen rauchen Zigaretten oft nur bis zur Hälfte. Die Tüte wurde voller und voller. Zu meinem Pech mußte ich fast eine ganze Stunde in einer der Kabinen ausharren, denn als ich sie verlassen wollte, platzte eine Horde von Mädchen in den hellen Raum. Es waren Studentinnen einer High School in South Virginia, und in ihrem Schreck hätten sie bestimmt nach der Polizei gerufen. Ihr Geschnatter langweilte mich bald, daher hörte ich Weihnachtslieder. Hier unten schallten die Boxen weniger laut als im Erdgeschoß. Das war angenehm. Ich las die Sprüche an den Wänden und sah mir die Zeichnungen an. Sie waren genauso scharf wie in den Kabinen der Herren. Das beruhigte mich.

Der Hunger machte mir Beine. Ich kam zu Hause an, riß die Packung auf und schnitt die Franks in Scheiben. Sofort steckte ich mir zwei in den Mund. Da rasselte die Klingel. Ich erschrak, weil heute der 15. Dezember war. Dann sagte ich mir, daß mir das egal sein konnte, schließlich stand das Recht auf meiner Seite. Ich schlang den Bissen hinunter und ging zur Tür. Ich sperrte auf und öffnete sie, so weit die Kette es zuließ. Nur das Licht aus meinem Apartment fiel auf den Flur. Ich fragte, ob jemand hier sei. Meine Stimme verklang mit einem schwachen Echo. Ich horchte. Die Geräusche aus TV-Geräten drangen an mein Ohr, Dielen knarrten und Besteck fiel in eine Schüssel. Ich stieß die Tür mit einem Ruck bis zum Anschlag auf und spähte in die kalte Dunkelheit. Einige Spalten gelben Lichts hoben sich aus ihr ab, ein paar Türstöcke, dann sogar Schnallen. Aber zu sehen war niemand.

Ich weiß auch nicht, warum ich dann zur Haustür lief. Vielleicht bildete ich mir ein, es habe mit der für Andrea Jane typischen Länge gerasselt. Ich lief schnell, jeweils über die letzten Stufen springend, ich riß die Tür auf und hielt außer Atem in der schneekalten Luft: Auf der Treppe stand niemand, und auch im Kegel der Peitschenlampe erblickte ich keinen Menschen, den ich gekannt hätte. Doch eine Frau nahm ihr Kind plötzlich an die Hand und ging eilends weiter. Da erst merkte ich, daß ich mein großes scharfes Küchenmesser in der Rechten hielt. Ich verbarg es hinter dem Rücken und wartete, ob nicht doch ein bekanntes Gesicht auftauchte. Als mein Schweiß erkaltete und ich zu schlottern begann, machte ich kehrt.

Die Beleuchtung ging aus. Ich knipste sie nicht wieder an, weil ich bereits den ersten Stock erreichte. In der Aufregung hatte ich meine Tür nicht geschlossen, daher konnte ich mein Apartment gar nicht verfehlen. Außerdem hatte ich keinen Tropfen getrunken.

Ich trat über die Schwelle und erblickte einen vierschrötigen Köter mit weißem Fell. Ich erschrak. Er erschrak auch. Er nahm sofort Abwehrstellung ein und blickte mich aus roten Augen an. In einem Anfall aus Wut und Verzweiflung stieß ich einen Schrei aus und trat nach dem ekligen Vieh. Es wich aus, jaulte und stürmte an mir vorbei. Ich erwischte gerade noch einen Topf, um ihn der häßlichen Mißgeburt nachzuwerfen. Der Flur hallte von einem Scheppern und Gejaule, als ginge die Welt unter. Ein Mann fluchte, und eine Frau rief, was um Gottes willen denn los sei. Die Tür von Mrs. Dolorosa flog auf. Sie knipste die Beleuchtung an und lief zu mir. Sie erblickte das Messer in meiner Hand und blieb stehen, während sie erregt fragte, ob ich jemand umgebracht hätte. Ich habe einen Köter verjagt! stieß ich hervor. Sie sah mich an, als wäre ich nicht ganz richtig im Kopf. Ich zeigte mit dem Messer zum Topf hinüber, der erst am anderen Ende des Flurs zum Stehen gekommen war, und setzte verärgert hinzu: Ich kann es mir nicht leisten, mein Geschirr nach Gespenstern zu werfen! Der Topf ist verbeult, und hat er auch noch ein Loch abbekommen, werde ich meinen Kaffee in kaltem Wasser lösen müssen!

Sie zog ihre Weste enger und seufzte, sie habe nur sehen wollen, was passiert sei. Ich ließ sie stehen und schritt zum anderen Ende des Flurs. Eine Tür knallte zu. Ich hob den Topf auf und hielt ihn gegen das düstere Licht. Er war ganz geblieben. Ich schritt zurück und knallte meine Tür zu.

Nachdem ich beides aus den Händen gegeben hatte, starrte ich zum Tisch. Ich konnte es noch immer nicht recht glauben - meine Franks waren verschwunden. Dabei waren sie auf dem Tisch gelegen, und der massige Köter reichte mir gerade bis zum Knie. Ich sah zwischen die Holzbeine, vielleicht hatte der Hund nicht alle Würstchen fressen können. Doch ich fand nur die Nylonhülle. Ich ließ mich auf den Sessel fallen und steckte mir eine Zigarette aus der Damentoilette an. Der blaue Dunst beruhigte mich, und ich überlegte bald, wie der elende Dieb ins Haus gelangt sein konnte: Wahrscheinlich war die Tür unten nicht richtig zugeschnappt, das Mistvieh hatte sich unter der Kellertreppe versteckt und sich von seiner Witterung zu meinen Franks führen lassen. Glaubte man den Zeitungen, wurden in letzter Zeit immer häufiger Menschen von Hunden bestohlen. Manche sogar von zwei, wobei das eine Tier die Aufmerksamkeit des Opfers auf sich zog, damit das andere die Beute schnappen konnte. Aber solche Dinge geschahen fast nur in den Slums. Wie auch immer: Meine Franks waren weg. Und das schmerzte.

Als ich Brot toastete, kam mir die Greatham Company & Co. in den Sinn. Vielleicht hatte sie ihre Finger im Spiel, schließlich war heute der 15. Dezember. Dann schob ich diesen Gedanken beiseite. Eine so mächtige Company hätte mich eher verprügeln lassen. Nichtsdestoweniger drängte es mich, ihr einen Brief zu schreiben: Ich teilte mit, daß ich mein Apartment aufgrund des Mietvertrags nicht wie gefordert zum 15. Dezember um 12 Uhr nachts räumen würde.

Leider fand ich keine Briefmarke. Nicht in der Börse und nicht zwischen den Dokumenten. So schlüpfte ich in den Mantel und verließ das Haus.

Postamt gab es keins in meiner Nähe. Das nächste Hotel verweigerte mir die Marke mit der Begründung, ich sei kein Gast.Ich erkundigte mich höflich, ob es dem Manager angenehm sei, wenn einer der Gäste morgen früh eine Python in seiner Badewanne fand. Da mußte ich zum zweiten Mal an diesem Tag das Weite suchen. Ich hetzte wie ein Hund auf die Straße, dem der Schlächter auf den Fersen ist. Ich wurde sogar verfolgt. Aber das Gewühl auf dem Gehsteig verschlang und schützte mich.

Ich versuchte, mich an der Innenseite zu halten. Die beleuchteten Schaufenster strahlten etwas Wärme ab. Dann ließ ich es sein, denn ich kam an Restaurants vorbei, hinter deren Glasfront sich goldene Hühner am Spieß drehten. An einer Ampel hielt ich. Jemand faßte mich am Arm und sagte: If you're already a believer in Jesus, who was born of a Jewish mother - why not buy the Bible from a Jew? Ed Parker umarmte und küßte mich, daß es mir peinlich war. Doch er lud mich zum Essen ein, und ich hatte großen Hunger.

Ich lotste ihn die paar Yards zurück, wo ich die goldenen Hühner gesehen hatte. Wir bestellten jeder Kentucky

Fried Chicken mit Chips und Ketchup und einen Becher Kaffee.

Zwei Stehplätze vor einem schmalen Plastiktisch war alles, was wir ergatterten. Aber wir hatten Sicht auf die Straße. Ich trank einen Schluck und sah auf die Spiegelung des Glases. Ed stand immer noch aufrecht, obwohl er schon auf die achtzig zuging. In dem schwarzen Mantel mit Pelzkragen und mit dem weißen Bart unter dem schwarzen Hut erinnerte er mich an einen jener Wunderrabbis, von denen mein Vater mir erzählt hatte, als ich ein Kind war. Und in gewisser Hinsicht war Ed wirklich ein Wunder, denn er kannte fast jedes deutsche Konzentrationslager.

Er wollte gleich wissen, wie es mir ging und was ich trieb. Ich erzählte von der Jobsuche und der Kündigung, der Sache mit dem Bonus und von Mrs. Dolorosas Schulden. Das war anstrengend, denn er hörte nicht mehr gut. Mehrmals fragte er nach, und ich mußte ein Wort oder einen Satz wiederholen, während er sein - Gelobt sei der Herr! oder - Nur Schweinefleisch soll er fressen bis an sein Lebensend! - in Jiddisch einbrachte. Schließlich erzählte ich ihm, ich hätte eine Dogge adoptiert, weil der Besitzer sie habe ertränken wollen. Das Tier sei schön und klug, doch von schwacher Gesundheit. Es brauche viel Liebe und Pflege, und ich würde mich bemühen, ihm beides zu geben. Ich malte ihm aus, wie ich den Hund mit der Flasche aufzog und ihn dann im Central Park abrichtete. Wir wurden ein unzertrennliches Paar und kämpften gegen meine und Eds Feinde, gegen die Feinde unserer Freunde und Bekannten und am Ende gegen alles Böse. Sogar mit Gott legten wir uns an mit der Berechtigung derer, die sein Ebenbild waren, so wie er sich nach unserem Ebenbild geoffenbart hatte.

Ich redete und redete, bis ich heiser wurde, und Ed mit leuchtenden Augen sagte: Gelobt sei der Herr, der ist, wie er ist! Er legte mir seine Pranke auf die Schulter und meinte sanft, es sei tatsächlich die Aufgabe des Menschen, dem Schöpfer die Stirn zu bieten, sonst hätte er Adam und Eva nicht in Versuchung geführt, und wir alle lebten noch im Paradies. Aber nur wenige Menschen würden das begreifen und die Frommen am allerwenigsten. Er segnete mich, und er segnete meine Dogge, er segnete die ganze Schöpfung und wischte sich den Mund ab. Er warf einen Blick auf seine Taschenuhr und griff nach seinem Musterkoffer. Er umarmte und küßte mich, er drückte mir eine Banknote in die Hand und sagte mit feuchtem Auge: Für deine schöne Geschichte! Schreibe sie auf, damit sie wahr wird! Dann zwängte er sich zum Ausgang vor und tauchte im Gewühl unter. Ich schlang meinen letzten Bissen hinunter und stellte fest, daß ich einen Zwanzig-Dollar-Schein bekommen hatte. Plötzlich hielt ich inne - ich hatte vergessen, ihn nach der neuen Adresse zu fragen. Ich wischte meine Hände ab, zwängte mich ins Freie und schlängelte mich zwischen den Passanten durch. Ich geriet bald ins Keuchen. Nach einer Weile erblickte ich eine Silhouette in Hut und schwarzem Mantel. Ich rief nach Ed Parker. Und als der Mann nicht reagierte, nach Ariel Deutschmann. Schließlich bekam ich ihn am Arm zu fassen und rief noch einmal seinen Namen. Aber der Mann vor mir hörte gut. Er zuckte, drehte sich um und zischte voller Haß: Nazi! Ich starrte in zwei glühende Augen in einem Nest voll gelber Runzeln und Narben. Ich war so erschrocken, daß ich mich nicht einmal entschuldigte.

Der Weg nach Hause war unangenehm. Der Wind drehte an jeder Kreuzung, und meine Wangen glühten bald. Vor einer Metzgerei trieb sich ein magerer Hund umher, der an den Taschen eines Kunden schnüffelte, bis er verscheucht wurde. Mir wich er aus.

Das Apartment erreichte ich mit brennenden Ohren und feuchter Nase. Die Luft stank von altem Rauch und getoastetem Brot. Ich schob das Fenster hoch und kratzte das Eis vom Brett: Der Besitzer der Spanish Grocery streute Salz auf den Gehweg, ein paar Kinder warfen johlend Schneebälle nach ihm. Der Verkehr auf der Straße war mäßig. Ich zog das Fenster bald wieder herunter, um mich nicht zu erkälten.

Dann schrieb ich an einem neuen Kapitel meines Romans. Gegen elf wusch ich mir Gesicht und Hände, ich stopfte meine hohen Schuhe mit altem Zeitungspapier aus und legte mich zur Ruhe. Ich war sehr müde.

Ich drehte mich von einer Seite auf die andere, ohne Schlaf zu finden. Die Möbel knackten und im Heizkörper röchelte es. Ein Hund geisterte durch meinen Kopf. Einmal war er massig und häßlich und erinnerte mich mehr an ein Hängebauchschwein als an einen Hund. Er hatte eine Wurst vor sich liegen und knurrte mich drohend an. Dann bellte er sich die Seele aus dem Leib, als wolle er um Hilfe rufen. Dabei sah er mehr wie ein Hund aus als ein Hängebauchschwein. Schließlich tauchte eine Mischung aus Bullterrier und Rottweiler auf, der seinen Bauch über eisigen Asphalt schleppte und eine blutige Spur hinterließ.

Ich vernahm ein Winseln und Kratzen, als stünde er vor meiner Tür und begehrte Einlaß. Ich hörte Schritte. Die Angst vor einem jener Alpträume, in denen ich stets im glühenden Ofen eines jodelnden Bäckers landete, riß mich endgültig aus dem Dämmer. Leibchen und Unterhose klebten an der Haut. Kaltes Licht fiel durch das Fenster, und der Wasserhahn tropfte. Ich rang nach Luft. Sie roch schlechter als je zuvor. Ich stand auf, schlüpfte in die Kleider und zwängte mich in die harten Schuhe.

Auf der Außentreppe verschlug es mir den Atem. Wind peitschte durch die Straße und wirbelte mir Schneestaub ins Gesicht. Ich stellte den Kragen auf, vergrub die Hände in den Taschen und ging die paar Blocks zur 2nd Avenue hinab. Dabei bemerkte ich den Brief. In einem schäbigen Hotel erstand ich eine Marke und gab das Schreiben auf. Dann spazierte ich bis zur 97th Street, und diese ging ich in Richtung Park Avenue. Ich ertappte mich, daß ich öfters einen Blick in die ausgebauten Gänge zwischen der Hausmauer und dem Gehsteig warf. In einigen dieser Wohnungen brannte noch Licht, andere schienen verlassen oder gar ausgebrannt. Neben einer Kellertreppe gloste ein Feuer, um das dunkel Gestalten hockten. Sie ließen eine Flasche kreisen. Ich tat, als sähe ich sie nicht. Diese Leute waren leicht reizbar.

Als ich die Straßenseite wechseln wollte, wurde ich von einem aufflammenden Licht geblendet. Meine Hand schnellte nach einem Stahlmasten, und die Company schoß mir in den Kopf. Ein großer alter Buick startete. Ich wollte die Hand vom Metall nehmen, aber es ging nicht. Ich riß mich los und stöhnte auf. Das Fleisch glühte wie versengt.

Da rollte der Buick an mir vorbei. Hinter dem Steuer erkannte ich einen dicken Mann, der mit einer Hand das Lenkrad hielt, während er mit der anderen eine Flasche zum Mund führte.

Von der belebten Park Avenue zurück in meine Straße spürte ich meine Ohren kaum noch. Auch Finger und Zehen waren taub. Nur die wunde Hand pulste im Rhythmus meines Herzens. Ich biß die Zähne aufeinander und verfluchte mich, daß ich so weit gegangen war, nur um frische Luft zu schöpfen. Oder war das vielleicht nicht der wahre Grund?

Ich drehte noch eine Runde. Eine kleine. Ich nahm das Brummen der Autos einzeln wahr und roch den Gestank verbrannten Benzins, ich spürte wieder die eisigen Windstöße und hörte sogar die eine oder andere Mülltonne vibrieren. Ich sah die Lichter in Strahlen gefächert. Trotzdem hatte ich bald den Eindruck, mich ohne Körper zu bewegen.

Ein paar Schritte vor meinem Haus mußte ich husten. Ein heller Schmerz riß mir die Lunge auf. Ich taumelte in den eisblauen Glanz der Peitschenlampe, während ich weiter hustete, daß Blitze vor den Augen zuckten. Schwindlig und mit einem Pochen in den Schläfen lehnte ich mich gegen eine Limousine und würgte in ein Taschentuch. Das Papier färbte sich dunkel. Ich ballte es und wartete, bis ich mich erholte. Da erblickte ich ihn. Er saß auf den Hinterpfoten und sah hechelnd von der Außentreppe oben herab. Ich schloß die Augen, holte langsam und tief Luft und öffnete sie wieder. Der Hund war immer noch da. Aber jetzt hielt er das Maul geschlossen und verharrte ohne jede Bewegung. Nur die Atemwölkchen verrieten, daß er kein Präparat aus dem Museum war. Langsam und mit rinnender Nase stieg ich die Treppe hoch, in der vagen Hoffnung, er würde nicht ausreißen.

Er riß nicht aus. Er blieb sitzen wie eine zu Fleisch gewordene stumme Anklage. Ich war nahe genug, um ihn zu streicheln. Ich wagte es nicht. Schließlich öffnete ich die Tür und hielt sie auf. Wind schlug auf uns ein, verstärkt durch einen Schauer eisiger Nadeln. Ich rang wieder nach Atem, und der Hund sträubte das Fell.

Ich weiß nicht mehr, wie lange wir so in der Kälte ausharrten. Doch als er sich endlich auf alle vier stellte und über die Schwelle trottete, füllten meine Augen sich mit Freude: Ich hatte das unsinnige Gefühl, er würde mir eine Last abnehmen, die älter und schwerer war als ich.

In dieser Nacht wachte ich öfters auf. Und jedes Mal mit dem Blick auf die Ecke zwischen dem Gasofen und dem Heizkörper, wo ich dem Hund einen Platz zum Schlafen hergerichtet hatte. Am Glanz seiner Augen merkte ich, daß es ihm gleich erging. So als schliefen wir beide denselben Schlaf.

Bis in die Träume hinein verfolgte mich der Gedanke, was zu tun war, damit das Tier auch von Rechts wegen mir gehörte. Der Hund trug keine Marke, daher war er Freiwild. Ich wußte nicht so recht, an welche Behörde ich mich wenden sollte. Aber das ließ sich telefonisch klären.

Ich stand auf, als Mrs. Dolorosas Baby kreischte. Beim Knarren der Federn spitzte der Hund die Ohren und sah mich aus halb geöffneten Lidern an. Dabei veränderte er seine Lage auf der Decke nicht. Ich knipste das Licht an, und er blinzelte. Gern hätte ich ihn gestreichelt. Doch als ich mich zu ihm hinabbeugte, hob er seinen Kopf von den Pfoten und knurrte. Ich verstand.

Es war erstaunlich, wie wachsam er war. Er beobachtete mich, als ich mich wusch, mir Kaffee machte und mich anzog. Und er ließ mich auch nicht aus den Augen, als ich zu Tisch saß, eine Zigarette rauchte und nachdachte: Mit dem Erwerb der Marke allein war es nicht getan, das Tier brauchte auch zu fressen. Ich rechnete nicht damit, daß der Bonus bald eintraf, und hatte also einen gewissen Betrag auf die Seite zu legen.

Ich schlüpfte in den Mantel und schob die Kette zurück. Da stellte er sich auf alle vier und schüttelte sich. Er gähnte und schielte mich an. Ich sagte ihm, ich würde bald mit einem guten Futter wiederkommen und schnalzte mit der Zunge. Seine Augen wurden zu Schlitzen, als traue er mir nicht recht. Das kränkte mich. Aber ich würde mein Wort halten, dieser Gedanke tröstete mich.

In den Straßen hing ein feiner blauer Nebel, und die Lichter trugen eisige Aureolen. Bis zur nächsten Telefonzelle war es nicht weit. Aber der Apparat funktionierte nicht. Gleich daneben befand sich eine Snack Bar. Doch ich hatte es satt, jemanden um einen Gefallen zu bitten.

Ich suchte die Münzwäscherei auf, in der es einen öffentlichen Fernsprecher gab. Ich wählte die Nummer der Auskunft und erklärte mein Problem. Die Frau hörte sich alles geduldig an und sagte schließlich, für Hunde sei sie nicht zuständig. Ich drückte eine andere Nummer, und die Stimme eines Mannes dröhnte aus dem Hörer. Er war schwerhörig, sodaß ich mein Problem zweimal erklären mußte. Als er verstanden hatte, war meine Sprechzeit um. Ich fluchte, kramte nach einem Quarter und drückte dieselbe Nummer. Wieder meldete sich eine andere Stimme. Ich erklärte mein Problem zum vierten Mal, tauschte den Hund aber gegen einen Silberlöwen aus, der mir entlaufen sei. Die Frau gab mir die Nummer der Feuerwehr und des Tierschutzvereins und wollte wissen, wo ungefähr die Raubkatze sich jetzt aufhalte. Ich sagte, mein Apartment liege direkt gegenüber dem General Post Office, hängte auf und rief den Tierschutzverein an. Als ich die gewünschte Auskunft bekam, schwitzte ich wie in einer Sauna.

Zwei Stunden später gehörte der Hund auch rechtmäßig mir. Für den Betrag von fünf Dollar erhielt ich eine metallene Marke mit eingestanzter Nummer. Eigentlich hätte ich mehr zahlen müssen. Aber der alte Mann hinter seinem Schreibtisch zeigte Verständnis für meine Lage, nachdem ich erklärt hatte, ich wäre gerade überfallen worden und hätte Börse und Scheckkarte gegen mein Leben eintauschen müsssen - den Fünfer hätte ich gewissermaßen als Reserve für solche Notfälle im Schuh getragen. Er streckte mir den Rest aus eigener Tasche vor und gab mir seine Kontonummer. Ich spürte, wie ich errötete.

Ich suchte den nächsten Supermarkt auf und schob einen riesigen Einkaufswagen vor mich her. Berieselt von Musik und Werbespots, irrte ich durch endlose Gänge, in denen es alles zu kaufen gab, was ich mir nicht leisten konnte. Schließlich fragte ich eine Verkäuferin, die Dosen mit Lachs und Kaviar schlichtete, nach Hundefutter. Das war im Keller. Aber auch dort fand ich den richtigen Gang erst, nachdem ich mit einem Angler gesprochen hatte. Ich betrachtete die bunten Bilder auf den Dosen zu neunundachtzig Cent: Huhn und Pute, Leber und Rind, Wild und Hirn - mir lief das Wasser im Mund zusammen. Ich knöpfte den Mantel auf und sah mich nach versteckten Kameras um. Mindestens zwei hatten mich im Visier. Ich knöpfte den Mantel nicht wieder zu und stellte sechs Dosen zu je vierzehn Unzen in den Wagen.

In der 52nd Street Ecke Lexington Avenue fiel mir ein,

daß ich nichts für mich selbst gekauft hatte. Neben Toast und Marmelade, Zigaretten und einer Flasche Whisky hatte ich Lust auf ein Stück saftiges Fleisch. Ich kehrte um.

Am liebsten hätte ich mir ein Pfund Porterhouse Steak geleistet. Aber das kostete drei Dollar neunundzwanzig Cent, wogegen Schweinsschulter mit nur neunundachtzig Cent angeschrieben war. Leider hatte ich mir im KZ geschworen, nie wieder Schweinefleisch zu essen, wenn Gott mich aus dieser Hölle erretten würde. Und da ich mich selbst am allerwenigsten betrügen wollte, kaufte ich dann Roast Beef zu einen Dollar neunundsiebzig Cent. An der Kasse stellte ich nicht ohne Staunen fest, daß ich nach all den Kleinigkeiten wie Toast und Marmelade, Zigaretten und Streichhölzer, Seife und Zahnpasta die Schulden für die Hundesteuer nicht mehr begleichen konnte. Doch das hatte ich ohnehin erst für später vorgehabt.

Als ich das Apartment betrat, empfing mich der Hund in der gleichen Stellung, in der ich ihn verlassen hatte. Ich holte einen Teller aus dem Schrank und wollte die Dose öffnen. Da brach der metallene Fortsatz ab. Weil ich keinen Öffner hatte, läutete ich bei Mrs. Dolorosa. Niemand öffnete. Mr. Smith wollte ich um nichts bitten, und die anderen Nachbarn kannte ich höchstens vom Sehen. So blieb mir nichts anderes übrig, als meine Schere in das Blech zu stoßen und den Deckel aufzuschneiden.

Das war eine mörderische Sache. Meine Finger glühten, und ich geriet ins Keuchen. Hätte ich es für mich tun müssen, ich wäre lieber verhungert. Aber der Hund wedelte bereits mit dem kurzen Schwanz und schleckte sich die Lefzen. Mir rann der Schweiß aus den Achseln.

Als ich die Dose endlich leeren konnte, zitterte der Hund am ganzen Körper. Doch er machte keinen Schritt. Ich nahm den Teller vom Tisch und setzte ihn dem Tier vor. Ihm tropfte bereits Speichel aus dem Mund, und es verlagerte sein Gewicht von einer Pfote auf die andere. Ein feines hohes Gewinsel erfüllte den Raum. Ich sagte dem Hund, er solle doch endlich fressen, auch wenn er mir nicht geglaubt habe. Da fuhr er mit der Schnauze in die Schweineleber und schlang die Stücke mit einer Eile in sich hinein, wie ich sie nur von mir selbst her kannte. Er schmatzte wie ein orientalischer Fürst und schielte immer wieder zu mir, als schäme er sich oder traue mir nicht. Da wußte ich, daß dieser Hund schon immer mir gehört hatte.

Ich trat ans Waschbecken, um die Hände zu säubern. Der Strahl rann in normaler Stärke, dann wurde er röchelnd dünner und dünner. Mit böser Ahnung drehte ich den Gashahn auf und riß ein Streichholz über dem Zylinderstumpf an. Die Flammen brannten in einem violetten Kranz und erloschen.

Wohl ein Dutzend Mal bemühte ich mich, Feuer aus dem Zylinder zu bekommen, während ich gegen den Herd trat, um gegen die Tränen anzukämpfen: Ich brauchte gar nicht mehr zu prüfen, ob Heizung und Licht noch funktionierten, denn ich begriff auch so, daß die Greatham Company & Co. mir alles abgesperrt hatte, was sich absperren ließ. In diesem Augenblick begann mein Hund zu würgen und erbrach.

Es war alles nicht so schlimm, wie ich befürchtet hatte: Die Wassersperre erwies sich als kleinstes Übel, denn im Keller gab es einen alten Zapfhahn. Das Wasser für den Kaffee konnte ich auf meinem Spirituskocher erhitzen, und ohne elektrisches Licht war es eben unangenehm. Nur die Heizsperre, die traf mich wirklich. Mich und den Hund. Dem Hund überließ ich meine zweite Wolldecke, ich selbst schlief in voller Kleidung. In Hemd und Hose, Mantel und Schuhen.

Am Samstag schickte ich der Greatham Company & Co. einen Beschwerdebrief, und Mr. Masavelli erinnerte ich an meinen Bonus. Wenn der Gauner nicht bald reagierte, würde ich ihn glatt noch einmal beehren. Auch wenn ich die vierzig Stock dann zu Fuß hinabgehen mußte.

Am Sonntag hatte ich noch knapp drei Dollar in der Börse. Trotzdem gönnte ich mir eine Schachtel Zigaretten. Als ich im Flur oben ankam, begegnete ich Mrs. Dolorosa. Sie wollte wissen, ob ich mir einen Hund hielt. Ich überlegte, ob sie mich in der Nacht gesehen hatte, als ich ihn auf die Straße führte. Ich fand nein, weil sie um diese späte Zeit bestimmt schlief. Vielleicht jedoch hatte sie ihn tagsüber winseln hören. Mir war klar, daß ich die Anwesenheit des Tieres nicht lange geheim halten konnte. So nickte ich wortlos. Sie seufzte und sagte, es gebe also doch einen Kündigungsgrund. Ich erwiderte, die Kündigung sei mir ins Haus geflattert, bevor ich mir den Untermieter genommen hätte. Ich wollte mich auf keine weitere Debatte einlassen und zog meinen Schlüssel. Da sagte sie, sie liebe Hunde und möchte sich meinen gern ansehen.

Als wir das Apartment betraten, lag der Hund auf der Decke. Er hob den Kopf von den Pfoten und gähnte. Mrs. Dolorosa ging ohne Furcht zu ihm. Sie bückte sich, kraulte seinen Nacken und sprach zu ihm wie zu ihrem Baby. Er ließ die Ohren hängen, winselte kaum hörbar und wedelte mit dem Schwanz. Auf einmal fragte sie mich, was ich mit den Jungen machen würde. Ich fragte, mit welchen Jungen? Und sie sagte: Das Tier ist trächtig und wirft bald. Haben Sie das nicht bemerkt?!

Ich gab stotternd zurück, ich wäre mir dessen nicht sicher gewesen. Sie kraulte ihn weiter, während ich überlegte, wie ich zwei oder gar drei Welpen ernähren sollte. Ich war nicht brutal genug, um den Nachwuchs wie ein Bauer in einem Kübel voll Wasser zu ertränken, und da er bestimmt nicht reinrassig war, würde kein Händler ihn kaufen. Die Asyle quollen über von ungeliebten Kreaturen, und zum Verschenken waren die Jungen wohl zu häßlich. Eine winzige Hoffnung erblickte ich in einem der Staatsgefängnisse - die nahmen zum Teil Haustiere für ihre Häftlinge an. Doch auch diese Vorstellung gefiel mir nicht sonderlich. Ich sagte Mrs. Dolorosa, daß ich vorerst eine ganz andere Sorge hatte - ich wisse nicht, wie ich dem Tier in seiner schweren Stunde helfen solle. Die junge Frau erklärte, die Natur helfe sich schon selbst - ich solle nur die Decke in einen Pappkarton legen und für eine kräftige Mahlzeit am Tag sorgen.

Aber gerade das war schwierig. Gestern Abend hatte ich die letzte Dose geöffnet, und meine Börse war fast leer.

Mrs. Dolorosa stand auf und wickelte sich in ihre Weste. Sie erkundigte sich, ob mir die Heizung abgesperrt worden sei. Ich gab zurück: Nicht nur die Heizung. Darauf wollte sie wissen, ob ich in einer Stunde noch hier sei. Und ich nickte.

Tatsächlich stand sie dann mit einer dampfenden Schüssel voll Suppenknochen in der Tür. Ich bemerkte gleich, daß noch kleine Fetzen von Fleisch daran hingen und sie voller Mark waren. Ich bat Gott heimlich, die Samariterin möge mir die Schüssel in die Hand drücken und sich verabschieden. Aber Gott hörte mich wohl nicht. Dieses Mal machte sich der Hund über die Mahlzeit her, ohne mich um Erlaubnis zu fragen. Der ganze Raum hallte vom Krachen und Splittern der Knochen, so mächtig legte das Tier sich ins Zeug, und ich hatte das Gefühl, einen Veräter zu beherbergen. Mrs. Dolorosa genoß die Fütterung wie ein Schauspiel. Sie schmatzte öfters mit und lachte kindlich. Ich spürte meine Wangen zucken und den Speichel unter der Zunge.

Mrs. Dolorosa war schuld, daß mein Hund nicht mit mir hatte teilen können. Dafür bemühte ich mich bereits am Montag wieder um einen Job. Noch bevor die Lichter der Stadt erloschen, ging ich die 2nd Avenue hinab. In einer Querstraße entdeckte ich ein Vermittlungsbüro und hielt, um die offenen Stellen zu studieren. Gesucht wurden Gepäckträger und Türsteher, Raumpfleger und Hilfsarbeiter. Die Männer standen vor jedem Schalter an, und so mancher öffnete seine Bierdose und trank gurgelnd. Der Gestank nach Urin und Alkohol, nach Rauch und Schweiß trieb mich bald wieder ins Freie.

An der Ecke zur 57th Street fiel mein Blick auf den Eingang eines Lokals. Hinter dem Glas verkündete ein Schild: Barmann gesucht - Aushilfskraft!

Ich trat über die Schwelle, als der miauende Klang von Nashville die Luft in Schwingungen versetzte. Nur ein Mann befand sich im Lokal, er steckte in einem Cowboy-Kostüm und machte sich am Stereoturm zu schaffen. Ich beugte mich über die Theke und sprach ihn auf den Job an. Er schickte mich eine schmale Wendeltreppe hoch, die hinter einem Vorhang begann.

Ich klopfte an eine Tür und trat ein. Ein bulliger Mann mit Glatze und in Jackett hockte, eine Zigarre im Mund, hinter einem Schreibtisch voller Papiere.

- Sie wünschen, Mister? stieß er zwischen den Zähnen hervor.

- Ich bin Barmann, sagte ich.

- Wie viele Jahre Erfahrung?

- Ein ganzes Leben, Mister.

Er hob den Kopf und musterte mich spöttisch. Er machte einen Zug und lehnte sich im Drehstuhl zurück.

- Wie alt sind Sie, Sir?

- Zwanzig, Sir.

Er lachte und sagte, das sei gut. Er stützte sich mit beiden Armen auf dem Tisch ab, blies den Rauch genau in meine

Richtung und fragte, ob ich nichts Besseres zu tun wisse, als ihm die Zeit zu stehlen. Ich meinte, ganz bestimmt. Und als er fragte, was, antwortete ich, ich würde gern meinen Roman zu Ende schreiben. Er wollte gerade einen neuen Zug machen und hielt mitten in der Bewegung inne. Ich fürchtete, er würde zu toben beginnen. Doch er lachte, daß die Halsader schwoll und die Feder des Drehstuhls quietschte. Schließlich zog er seine Börse, fächelte sich mit einer Fünf-Dollar-Note den Rauch weg und warf mir das Geld über den Tisch zu. Der Schein trudelte direkt vor meine Füße: Ich solle die Moneten nehmen und verschwinden, setzte er wohlwollend bis drohend hinzu – er selbst habe mit fünf Dollar angefangen, und dieselbe Chance wolle er auch mir geben.

Ich hob das Geld auf und betrachtete es zitternd. Der Schein war vom dicken Hintern des Mannes platt gedrückt. Trotzdem stellte ich mir vor, was er in Lebensmittel umgerechnet wert war. Das merkte der Mann wohl, denn er lachte amüsiert. Plötzlich zerrissen meine Finger das Papier, und als mir bewußt wurde, was geschehen war, segelten schon die Fetzen zu Boden. Der Mann sprang auf und wollte mir an die Kehle. Ich war schneller. Er prallte mit der Nase gegen meine Faust, bevor er die Hände um meinen Hals legen konnte. Mit einem dumpfen Schrei fiel er in den Stuhl zurück und kippte gegen die Wand. Ich sah Blut und machte sofort kehrt, während er hinter mir stöhnend rief: Chuck! Chuck! Zieh ihm das Fell über die Ohren! Mach ihn fertig, Chuck!

Doch der Mann im Cowboy-Kostüm stand nicht mehr hinter der Theke. Als seine Stimme die Musik übertönte, stürzte ich gerade ins Freie. Ich lief Haken schlagend, als wäre jemand mit einem Revolver hinter mir her. Ich bog in eine andere Straße und lief ohne Unterlaß, bis mir das Herz im Kopf schlug und das Stechen in den Seiten mich bremste. Plötzlich fand ich mich in einer Passage wieder. Ich lehnte mich gegen eine Auslage und verschnaufte. Das Holy Night drang nach und nach an mein Ohr, und ein präpariertes Krokodil starrte mich mit aufgerissenem Rachen durch eine Glasscheibe an. Bebend zog ich eine Zigarette aus der Schachtel. Ich konnte es noch immer nicht recht glauben - ich hatte dem Mann die Faust mitten ins Gesicht geschlagen. Dabei haßte ich Gewalt. Ich zog den Rauch tief in die Lungen und stellte mir vor, was passiert wäre, hätte dieser Chuck mich in die Hände bekommen. Mich fröstelte. Ich rauchte die Zigarette, bis ich feststellte, daß ich der einzige Mensch in der Passage war.

Bald stand ich wieder in einem Vermittlungsbüro. Der Raum streckte sich groß, hell und warm, und auf jedem Schreibtisch stand ein Bildschirm mit einer Tastatur. Gut die Hälfte der Leute bestand aus Frauen, vornehmlich schwarzen. Nicht wenige von ihnen steckten in grellen Parkas und Stiefeln, die meisten trugen modische Frisuren. Doch auch die Männer sahen nicht aus, als wären sie ohne Job. Alle steckten in sauberer Kleidung und waren rasiert. Niemand trank. Aber im ganzen Raum herrschte eine gedrückte Stimmung.

Ich hielt neben einem Gummibaum, um nach dem richtigen Schalter zu suchen. Wenige Schritt von mir entfernt wurde gerade eine mollige Schwarze in etwa meinem Alter gefragt, was sie könne. Sie antwortete schüchtern, alles,

Mam. Die Weiße am Bildschirm wollte wissen, ob sie einen erlernten Beruf habe. Die Schwarze schüttelte den Kopf und wiederholte nur, daß sie alles mache. Darauf hob die Weiße ihre knochigen Schultern und erklärte mit verhaltenem Ärger: Aber das ist doch das Problem! Wir sind ein privates Büro und vermitteln nur Fachpersonal!

Draußen begann die Sonne, den gefrorenen rußigen Schnee auf den Reklametafeln und Fenstersimsen zu lekken. Ich hatte mich nicht beworben, und alles kam mir trostlos vor. Der Polizist, der Strafzettel hinter die Scheibenwischer steckte. Die jungen Leute von Green Peace und Amnesty International, die Flugblätter an Passanten verteilten. Der dichte Strom von Menschen aller Farben und Rassen auf dem Sidewalk. Als ich an einer Ampel hielt, ging mich ein Mädchen in Sommermantel um einen Dollar an. Ich beachtete sie nicht. Sie sprach mich noch einmal an. Ich sagte, ich hätte keinen, das müsse sie doch sehen. Die Ampel sprang auf WALK, und ich drängte mich rasch weiter.

Um den nächsten Hot-Dog-Wagen machte ich einen Bogen. Dabei mußte ich an einem Schuhputzer vorbei, der mit kindlicher Stimme seine Dienste anbot. Plötzlich spürte ich eine Hand um meinen Arm. Es war wieder das Mädchen. Sie hielt mich fest und bat mit verweinter Stimme, ich möge ihr bitte zwanzig Dollar schenken und würde dafür auch etwas bekommen. Sie schüttelte ihr braunes Haar und starrte mich mit glasigen Augen an. Ich erwiderte, sie habe keine Ahnung von den Preisen auf der 42nd Street, und riß mich los. Da begann sie zu weinen. Sie gefiel mir, obwohl sie nicht schön war. Doch sie hatte den

Charme eines Mädchens aus der fernen Provinz, das sich nach New York verirrt hatte. Ich weiß nicht, ob ich ihr Angebot abgelehnt hätte, wäre meine Börse gefüllt gewesen. Ich sah, wie sie in ihre vor Kälte geröteten Hände schluchzte, als habe sie gerade von ihrem Todesurteil erfahren. Auf einmal bereute ich meine Grobheit. Ich zählte ihr meine drei Dollar und zwanzig Cent vor und schenkte ihr die Hälfte mit der Bemerkung, sie solle nie um einen ganzen Dollar betteln. Sie starrte mich verwirrt an.

In der 50th Street wollte ich mich um die Stelle eines Nachtportiers für ein kleines Hotel unweit des Times Square bewerben. Allah's Garden. Das Hotel war bestimmt ein Bordell, und nichts ist so erbärmlich wie ein amerikanisches Bordell. Aber ich dachte, daß ich als Portier bestimmt Zeit zum Lesen hatte und womöglich auch etwas Trinkgeld erhielt. Leider wurde das winzige Büro gerade von einem großen Mann in Kamelhaarmantel gesperrt. Ich erkundigte mich bei ihm, ob die Stelle noch frei sei. Der elegante Mann warf einen kurzen Blick auf mich und fragte, ob ich Fremdsprachen beherrschte. Ich nickte. Er teilte mir weitere Informationen in Französisch und Spanisch mit, und ich erwiderte in Deutsch und Arabisch. Er lächelte und bot mir eine Zigarette aus einem goldenen Etui an. Sie haben den Job, sagte er bestimmt, während er mir Feuer gab. Er zog seine Visitenkarte und schrieb die Adresse des Hotels samt Telefonnummer auf. Er klopfte mir auf die Schultern und lachte. In meiner Brust hämmerte es, daß ich glaubte, er müsse es hören. Am liebsten hätte ich den Mann in die Arme genommen. Doch er ging bereits zu einem Taxi, das mit laufendem Motor wartete. Ich sah dem gelben Wagen nach, bis er sich im violetten Dunst der Autoschlange auflöste.

Während ich nach Hause ging, beschlichen mich Zweifel. Der elegante Mann hatte so gar nicht wie ein kleiner Angestellter gewirkt, und das Büro war ein einzelner kleiner Raum mit einer Auslage der offenen Stellen. War ich einer Scheinfirma auf den Leim gegangen? Oder einem Hochstapler? - Bezahlt hatte ich nichts, unterschrieben auch nichts. Trotzdem konnte ich nicht umhin, die nächste Telefonzelle zu betreten.

Der höflichen Stimme am anderen Ende der Leitung erklärte ich, was mir gerade zugesagt worden war. Darauf fragte man mich nach dem Namen der Agentur. Mir verschlug es die Sprache, denn dieser stand nicht auf der Visitenkarte. Ob ich wenigstens den Namen des Agenten wisse, tönte es nach einer Weile aus dem elektrischen Rauschen. - Samuel Goldstein, las ich. Da hörte ich, daß alles in Ordnung sei und ich mich am 2. Jänner um 4 Uhr nachmittags im Büro des Hotels einfinden solle. Ich bedankte mich und hängte auf. Ich wankte ins Freie und lachte. Und ich lachte und lachte, bis Tränen in meine Augen stiegen und die Passanten mir aus dem Weg gingen.

Mein Hund fühlte sich wohl im Schnee. Ich hatte den Eindruck, er spiele mit ihm. Wiederholt stapfte er unter niedrige Büsche und rieb sich an den zarten Stämmchen, während er mit der Schnauze in die Zweige fuhr. Und wenn es kristallen auf sein Fell rieselte, bellte er vor Freude. Auch die kleinen Burgen, welche die Kinder da und dort gebaut hatten, erregten seine Neugierde. Die Schnauze voraus, wühlte er sich in den harten Schnee, als habe er etwas gewittert, was er unbedingt ausgraben mußte. Tatsächlich förderte er nichts zutage. Nicht einmal eine Mütze oder einen Handschuh. Wechselte er dann sein Spiel, war er bis zu den Ohren hinauf weiß. Das sah lustig aus.

Seine Ausdauer war genauso erstaunlich wie seine Geschicklichkeit. Ich hatte mich zum Central Park aufgemacht. Aber ohne große Hoffnung, ihn auch zu erreichen. Zuerst hatte der Hund sich schwer getan, mit dem Gehen. Man sah, wie steif er sich bewegte, denn es war bitterkalt. Nach der Notdurft jedoch schüttelte er sich und trottete brav neben mir her. Dabei stieß er kein einziges Mal gegen die Füße eines Passanten.

Vor der Überquerung der Park Avenue hatte er sich auf

die Hinterpfoten gesetzt. Sein dampfendes Fell und der schnelle Atem verrieten, wie anstrengend der Weg für ihn war. Notfalls trage ich ihn, sagte ich mir. Aber das war nicht notwendig. Er hatte nur ein bißchen verschnaufen wollen.

Die ganze Zeit über hatte ich mich gefragt, warum mir der Hund einmal so ekelig vorgekommen war. Ich fand keine befriedigende Antwort. Ich wußte nur: Als ich sah, wie unbeschwert er umhertollte, wie er seine Fähnchen Wasser ließ und sich schüttelte, wie er Maulwurf spielte und sich immer wieder vor mir auf den Rücken legte, damit ich ihn kraulte, fand ich, daß ich einen ganz außergewöhnlichen Hund besaß - es war ein intelligenter und guter und lieber Hund.

Zuerst hatte ich gezweifelt, ob ich ihn in seinem Zustand bis in den Park führen sollte. Mrs.Dolorosa aber begegnete meinen Bedenken mit dem Hinweis auf die Landfrauen in Puerto Rico, welche bis kurz vor der Niederkunft auf den Plantagen arbeiteten, ohne Schaden zu nehmen. Sie meinte, ein Tier wisse genau um seine Zeit. Bereits Stunden vor dem Wurf würde es sich einen geeigneten Platz suchen und sich nicht mehr vom Fleck rühren. Das schien mir einleuchtend und beruhigte mich.

Auch ein guter Wächter war mein Hund. Es brauchte nur jemand die Treppen hochzugehen, und er richtete seine Ohren auf. Blieb er in seiner Lage, handelte es sich um einen Flurnachbarn. Schnüffelte er am Türspalt, war es ein Bewohner der oberen Stockwerke. Und bellte er, betrat ein Fremder das Haus.

Die Nächte überstand er viel besser als ich. Seit Tagen hatte es nicht mehr geschneit, und das Thermometer war tief gesunken. Ich erwachte öfters mit kalten Zehen und schlug mir die Decke über den Kopf. Der Hund döste oder schlief so behaglich vor sich hin, als ruhe er in einer Backstube.

Vorgestern, als ich mit ihm aus dem Freien zurückgekommen war, hatte es einen kleinen Auflauf gegeben. Schon bei der Entleerung des Postfachs merkte ich, daß etwas Unangenehmes in der Luft lag. Ich vernahm Getuschel, ohne jemanden zu sehen, und es war ruhiger als sonst. Zudem stieg mir der Hund um einige Stufen voraus, was er noch nie getan hatte. Tatsächlich standen mehrere Nachbarn auf dem erleuchteten Flur. Sie musterten erst den Hund, der hechelnd auf der letzten Stiege angehalten hatte. Dann mich. Mr.Smith trat mir entgegen, tippte sich an die Baseball-Mütze und fragte, ob diese elende Kreatur mein neuer Hausgenosse sei. Ich blieb auf der Treppe stehen und nickte. Das entlockte dem Veteranen ein hämisches Grinsen. Er wippte etwas vor und zurück und fragte weiter, ob ich wisse, daß die Hundehaltung hier streng verboten sei. Ich nickte wieder. Aber das hätte ich wohl nicht tun sollen. Er sah die Nachbarn einen nach dem andern an, als wolle er damit ausdrücken: Da habt ihr es wieder einmal! Ich sagte, er solle sich nicht in fremde Angelegenheiten mischen und mich in Ruhe lassen. Er lachte auf, und der Hund knurrte. Ich hatte keine Lust, mich auf eine Auseinandersetzung einzulassen. Doch wäre diese kaum zu vermeiden gewesen, wenn nicht Mrs. Dolorosa auf den Flur gestürmt wäre. Sie schüttelte ihre nassen Hände gegen die Gesichter der Leute und schrie: Verschwindet! Los, verschwindet! Mr. Smith zuckte und beschwerte sich. Aber sie fuhr ihn wütend an, er solle erst seine beiden letzten Mieten zahlen, bevor er den Mund noch einmal aufreiße. Plötzlich hielt er inne und wurde rot. Er schien plötzlich ernüchtert, stierte die Leute nacheinander an und verschwand ohne ein weiteres Wort in sein Apartment. Darauf entfernten sich auch die anderen.

Ich bedankte mich bei der jungen Frau. Sie wehrte bescheiden ab: Die Nachbarn hätten im Grunde nichts gegen mich, denn die meisten würden gern selbst gegen die Company aufbegehren. Die hohen Mieten, die schlechten sanitären Einrichtungen, die Probleme mit der Heizung, all das nerve die Leute. Ich allein nur wage es, der Company die Stirn zu bieten, wenn auch aus anderen Gründen, und deshalb fühlten sie sich als Feiglinge. Ich sagte, daß ich nichts wagte, sondern nur auf meinem Recht bestand.

Später suchte sie mich mit einer großen Schüssel frischer Leber auf. Die Mahlzeit hätte für uns beide gereicht, für den Hund und mich. Aber Mrs. Dolorosa kam noch einmal auf den Zwischenfall zu sprechen und spielte ihn herunter. Als sie das Thema endlich beendet hatte, war die Schüssel leer.

Doch das alles war spätestens hier im Central Park belanglos geworden. Die Sonne hing als metallene Scheibe am Himmel, vom New Lake wehten Stimmen herüber, und mein Hund fühlte sich wohl.

Ich machte gerade kehrt, als mein Blick auf eine Frau in rotem Parka fiel, die einen wunderschönen langen Zopf trug. Sie las in einem Buch und stapfte durch funkelnden Schnee. Mein Herz klopfte sofort heftig gegen die Rippen.

Ich scherte vom geräumten Weg aus und wollte Andrea überraschen. Dann hielt ich es doch nicht aus und rief ihren Namen. Sie blickte sich suchend um, breitete die Arme aus und stapfte mir entgegen. Zum Teufel, warum hast du dich so lange nicht gemeldet?! hörte ich. War es Absicht gewesen oder hatte ich ihre Karte mit der neuen Adresse verlegt? - Nein, letzteres war es gewesen, rief ich keuchend. Ich hatte mich deshalb auch schon verflucht. Wir umarmten uns. Ich spürte ihre vor Kälte gespannte Wange und ihre Lippen. Auf einmal tauchte der Hund auf. Er bellte und wedelte mit dem Schwanz, er schnupperte und winselte, er schlug mit den Ohren wie mit Flügeln. Andrea kraulte ihn gleich und wollte sofort alles über ihn wissen. Ich wehrte ab. Zuerst mußte sie von sich erzählen. Das andere hatte Zeit.

Auf dem Weg zu ihrem Apartment erfuhr ich, daß sie ihr Sportstudium beendet, aber keinen Job gefunden hatte. Um ihren Unterhalt zu bestreiten, gab sie Tennisstunden, und um geistig nicht zu verkümmern, besuchte sie Abendkurse für Literatur. Von ihrem Mann hatte sie sich mittlerweile scheiden lassen, daher wohnte sie seit fast einem Jahr schon in der 100th Street East. Mich erstaunte, daß wir uns nicht schon früher begegnet waren, schließlich lebten wir gar nicht so weit voneinander entfernt. Andrea machte die Sterne dafür verantwortlich und lachte. Und dieses Lachen mochte ich sehr, denn es kam mehr aus dem Bauch als aus dem Kopf. Ich erzählte von meinen Problemen mit der Company und Mr. Masavelli.

Sie bewohnte ein spärlich möbliertes Drei-Zimmer-Apartment, das sie aus Kostengründen mit einer Bekannten teilte. Ihren Raum hatte sie erst vor einer Woche frisch geweißt. Trotzdem glaubte ich, etwas von jenem Duft zu riechen, den ich von ihrer leicht verschwitzten Haut her so gut in Erinnerung hatte. Dann entdeckte ich die in einer Ecke liegenden Kleidungsstücke. Es waren Hosen und Blusen, Hemden und Schuhe. Der Hund trottete sofort zu ihnen und beschnupperte sie.

Wir ließen uns auf einer Matratze nieder und tranken einen Cocktail. Ich sagte, ich hätte schrecklichen Hunger. Sie entschuldigte sich, stand auf und drückte mir ihre Börse in die Hand. Dabei erkundigte sie sich auch, ob ich Geld brauchte. Ich nickte. Sie lieh mir einen Hunderter und trug mir auf, zwei Flaschen kalifornischen Rotwein zu kaufen, während sie frische Spaghetti kochen würde. Als ich die Tür aufsperrte, setzte sie hinzu, ich solle auch etwas für den Hund mitbringen: Er gefalle ihr sehr und sei wie ich.

Die nächste Metzgerei fand ich schnell. Ich mußte auf eine altmodische Klingel drücken, um bedient zu werden. Eine alte Frau in Schwarz humpelte durch einen Perlvorhang und sprach mich in akzentschwerem Englisch an. Ich antwortete in Spanisch, ich hätte gern zwei Pfund markige Knochen für meinen Hund. Sie bückte sich, stellte ein Nylonsäckchen mit Knochen auf die Theke und schob mir den Messingteller mit meiner Fünf-Dollar-Note zurück. Gestern hat man meinen Vittorio überfahren, sagte sie. Es war reiner Mord. Darauf ging sie grußlos. Der Duft von Flieder kroch in meine Nase, und ich ging ebenfalls. Mich wunderte nur, daß ich jetzt, wo ich Geld besaß, etwas geschenkt bekam.

Zehn Minuten später hatte ich alles vergessen. Andrea

empfing mich mit einem Kuß auf die rissigen Lippen. Nun steckte sie in verwaschenen Jeans und einem Pullover, der ihre schönen Brüste ahnen ließ. Ich spürte sie wärmend, als ich meine alte neue Liebe bei geöffnetem Mantel an mich drückte.

Während sie den Hund fütterte, erzählte ich von dem Erlebnis in der Metzgerei. Andrea erklärte, sie werde die Rechnung bei Gelegenheit bezahlen, denn die alte Frau sei nicht ganz richtig im Kopf und vertrete zeitweise ihre Tochter. Auf meine Frage nach Vittorio erhielt ich zur Antwort, das sei der Hund der alten Dame. Doch er existiere nur in ihrer Phantasie.

Wir aßen Spaghetti mit Muschelsauce und tranken den roten Wein dazu. Wir hatten uns so viel zu erzählen, daß die Zeit wie im Flug verging. Auch über meine Schreiberei wollte Andrea Bescheid wissen. Ihr erzählte ich alles ohne Scham. Schließlich war sie die einzige Frau in meinem Leben, der ich einen Heiratsantrag gemacht hatte.

Als ich mich von der Matratze erhob, um die steifen Glieder zu strecken, waren die Lichter der Stadt bereits aufgeflammt: Menschen bewegten sich hinter gelben Fenstern wie Figuren in vielen kleinen Theatern. Alle mit denselben stumpfen Bewegungen von Leuten, die nicht sich selbst spielen. Dann zündete Andrea Kerzen an, und ich sah uns beide auf die Scheibe gespiegelt.

Sie stellte sich vor mich. Ich legte meine Hände auf die glatte, warme Haut ihres Bauches und betrachtete ihr Gesicht mit den leicht erhöhten Backenknochen. Ich flüsterte ihr ins Ohr, daß ich gern bei ihr übernachten würde. Sie neigte den Kopf, ein sanftes Pochen in der Schläfe.

Plötzlich segelten Schneeflocken aus der zitternden Nacht. Das wunderte mich, denn ich hatte den Himmel als glasblaue Kuppel in Erinnerung. Aber es begann tatsächlich zu schneien. Die Flocken glitzerten im Widerschein des künstlichen Lichts und fielen bald sanft und pausenlos. Mr.Aziz, der so gern Vivaldi gespielt hatte, kam mir in den Sinn. Als ich eine Hand auf meiner stoppeligen Wange spürte, entglitt er meinen Gedanken. Ich spürte Andreas Herz unter meiner Hand, ein gleichmäßiges Klopfen, das immer wieder in meins fiel, und ich sah mich schon mit ihr auf der Matratze ruhen: Die Vertiefungen meines Körpers nützend, den Kopf in meiner Armbeuge, so würde sie in ihren leichten Schlaf gleiten, während ich ihren Katzenrücken streicheln und den Duft ihres zerwühlten Haares einatmen würde, bis mir die Sinne schwanden.

Ich schob die Sicherheitskette zurück und sperrte das Schloß auf. Beim ersten metallischen Geräusch hob der Hund seinen Kopf von den Pfoten. Aber auf stand er nicht. Das gab mir zu denken, denn sonst trottete er jetzt zur Tür oder kroch wenigstens aus der über seinen Leib geschlagenen Decke. Ich redete ihm gut zu, machte schmatzende Geräusche, klatschte in die Hände. Er legte den Kopf auf die Pfoten und sah mich still aus seinen großen feuchten Augen an. Plötzlich mußte ich an Mrs.Dolorosas Worte denken, und Freude und Beklemmung stiegen in mir hoch: Noch heute würde mein Hund Junge bekommen.

Ich eilte in den Flur, um nach meiner Nachbarin zu läuten. Niemand öffnete. Küchengeräusche, Stimmen und Musik drangen aus den Apartments, und als ich den Duft eines schmorenden Puters roch, fiel mir ein, daß heute ja der 24. Dezember war - Mrs.Dolorosa und ihr Mann machten sicher die letzten Besorgungen. Ich suchte mich mit dem Gedanken zu beruhigen, daß ein Hund keine Hebamme brauchte. Aber so ganz wohl war mir dabei nicht. Ich überlegte, ob ich ihm sonst irgendwie helfen kon-nte, bis mir in den Sinn kam, seine Liegedecke mit einem sterilen

Tuch zu überziehen. Ich schlüpfte in den Mantel, warf dem Hund ein Küßchen zu und rannte die Treppe hinunter, jeweils über die letzten paar Stufen springend.

Während ich in Richtung 86.Straße lief, verfluchte ich mich, daß ich seinen ernsten Zustand nicht früher bemerkt hatte. Dabei hatte es deutliche Anzeichen gegeben: Heute morgen war er nicht mehr von allein aus dem Karton gekrochen. Ich hatte ihn regelrecht herauslocken müssen. Und als er dann, am ganzen Körper zitternd, seine Notdurft verrichtete, waren Milchtropfen aus einer Zitze geronnen. Ich war schon ein Dummkopf.

Völlig außer Atem erreichte ich die Wäscherei. Der erste Raum war ziemlich leer, und die meisten Trommeln ruhten bewegungslos in den Maschinen. Hinter einem Desk hockte eine ältere Frau in Lockenwicklern und manikürte sich die Fingernägel. Ich fragte, ob ich sterile Windeln oder Tücher haben könne. Sie zeigte gelangweilt auf die Regale hinter sich: Außer einigen Nylonhüllen lag nichts mehr auf ihnen.

Ich drückte die Schwingtür zum anderen Raum auf: Ein Mann mit einem auf den Rücken geschnallten Baby warf Münzen in den Automaten, zwei Frauen blätterten in Illustrierten, und ganz hinten, gegenüber einem Tisch mit Zeitungen, öffnete ein dicker Kerl im Schlosseranzug eine Trommel. Ich hastete durch die feuchtheiße Luft zu ihm. Ich fragte schnell, ob er mir ein Leinentuch verkaufe. Er starrte mich ungläubig aus seinen Ochsenaugen an. Zehn Dollar für ein altes Tuch sind ein Geschäft für Sie, Mister! setzte ich bestimmt fort. Er strich sich den blonden Vollbart und sah sich prüfend um. Dann seufzte er: Also gut,

Mister! Ich drückte ihm den Zehner in die Hand, fischte das nächstbeste Leinentuch aus der Trommel, ballte es zusammen und steckte es in die Plastiktüte, die der Mann mir aufhielt. In diesem Moment klingelte eine Matrone mit toupiertem Haar und vielen Goldreifen an den Handgelenken aus der Toilette. Ich spürte sofort, zu wem sie gehörte, und lief aus dem Raum, bevor sie zu zetern anfangen konnte.

Meine Erschöpfung und mein Seitenstechen zwangen mir einen langsameren Schritt auf. Ich gewahrte die Zeitungsjungen, die mit verkühlter Stimme in die Dämmerung schrien; den von vielen Menschen umstandenen Hot-Dog-Wagen; den Plakatierer mit seinem Kübel auf der Leiter. Mein Schweiß wurde kalt, und seltsam genug, begegnete ich nicht einem einzigen Weihnachtsmann. Doch an einer Ecke tanzten Jugendliche zur Soulmusik aus einem Transistor.

Auf der Außentreppe stieß ich auf Mr.Smith. Er hatte drei Pakete unter dem einen Arm und eine große Tanne, deren Spitze sich zwischen Tür und Angel verklemmt hatte, unter dem andern. Mit rinnender Nase mühte er sich ab, den Baum frei zu bekommen. Dabei hatte er bereits seinen Hut verloren. Ich setzte ihn Mr. Smith auf und half ihm aus der Falle. Er stehe tief in meiner Schuld, keuchte er. Und wie zur Entschuldigung auf meine Bemerkung, er habe einen sehr schönen und großen katholischen Baum, erwiderte er: Ich erhalte Besuch, müssen Sie wissen. Meine Freundin und ich, wir feiern zusammen. Ein frohes Fest, Mr.Levy!

Stickige Luft empfing mich im Apartment. Der Hund lag

in der gleichen Stellung, in der ich ihn verlassen hatte. Ich wollte das Leinentuch unter ihm durchziehen. Aber er knurrte mich an, bis ich begriff, daß der Stoff Kälte ausströmte. Ich breitete ihn lose auf dem Tisch aus und zündete die Kerzen an, die ich gestern gekauft hatte.

Dann wollte ich lüften. Doch die Gleitrollen des Fensters knackten vereist. Ich sah auf die Straße hinunter: Hinter der Spanish Grocery strahlte ein kleiner Weihnachtsbaum, der angrenzende Tabakladen hatte noch geöffnet. Ein Mann in blauem Mantel und einer Pfeife im Mund trat heraus und stieg in einen Buick. Als er startete, schossen violette Rauchwolken aus dem Auspuff.

Ich nahm an, daß auch bei einem Hund die Wehen einsetzten, bevor er seine Jungen in die Welt preßte. Meiner döste noch vor sich hin, gähnte manchmal und stellte manchmal die Ohren auf. Ich konnte also mit ruhigem Gewissen in den Keller gehen, um Wasser für einen Kaffee zu holen.

Dabei kamen mir Mr.Brown und Mrs.White entgegen. Sie schleppten pralle, gelbe Tüten, auf denen die Lettern C o h e n's standen. Sie bemerkten mich erst im letzten Augenblick. Auf meinen Gruß hin wünschten sie mir freundlich ein frohes Fest. Als sie an mir vorbeistiegen, wehte mich ein eisiger Hauch aus ihren dicken Mänteln an.

Auf dem Rückweg öffnete ich mein Postfach. Ich tat das mehr aus Gewohnheit denn aus Hoffnung. Nichtsdestoweniger fand ich einen Brief vor, der Mr.Masavellis Namen als Absender trug. Ich riß ihn auf und las, daß die Firma meine Verdienste schätze, sie ihr Versäumnis, welches durch die Umorganisierung der Rechnungsstelle hervorgerufen worden sei, tief bedaure und man mir Gerechtigkeit widerfahren lassen wolle - mein Bonus werde innerhalb der nächsten Tage eintreffen. Ich las den Brief nocheinmal durch und dachte, daß ich bald wieder regelmäßig verdiente, demnächst meinen Roman abschließen würde und also die schlimme Zeit nun bald zu Ende ging. Und da füllten sich meine Augen mit unsinniger Freude. Ich faltete den Brief mit zitternden Händen und stieg rasch nach oben. Dabei verschüttete ich das halbe Wasser.

Diesmal knurrte der Hund nicht, als ich das Leinentuch unter ihm durchzog. Ich mußte ihn etwas heben, und er kam mir sehr schwer vor. Die Schüssel Fleisch und die Schale Milch, die ich ihm vorsetzte, rührte er nicht an. Darauf briet ich mir Eier in der Pfanne und Toast.

Nach der Mahlzeit versuchte ich erneut, das Fenster hochzuschieben. Die Luft hatte sich erwärmt, war aber durch das Öl und die Zigaretten dick geworden. Die metallenen Griffe hinterließen tiefe, schmerzende Spuren in meinem Fleisch. Dennoch erreichte ich nichts und sah ermattet durch die schmutzige Scheibe: Fast alle Zimmer des Hauses gegenüber waren erleuchtet, doch mit Gardinen verhängt. Hinter einem Fenster erkannte ich eine Frau im Schaukelstuhl, die an einem großen Hemd nähte. Ich lüftete kurz, indem ich die Türe aufstieß.

Als ich meine Pfanne in die Abwasch stellte, stieß ich den Mistkübel um. Ich steckte den Unrat zurück in den schwarzen Plastiksack und nahm ihn auf, um ihn in die Mülltonne vor dem Haus zu werfen. Aus Mr.Smiths Apartment hörte ich Besteck klingen, aus einem anderen die Stimme eines Sportreporters und von den oberen Stockwerken tönte Jingle Bells. Es war wohl ein Tag, an dem alle Nachbarn zu Hause waren.

Die Mülltonne fand ich überquellend am Rand des Gehsteigs vor, und wenige Schritte weiter suchte ein Caravan mit einem Vorhang hinter den Scheiben aus einer Parkmulde zu kommen. Aber die Reifen drehten glatt durch. Ein Mann in grauem Mantel und mit einer Tellerkappe bat mich um Hilfe. So stemmten wir uns zu zweit gegen das kühle Blech. Wir versuchten es mit rhythmischen Stößen, bis die Reifen griffen und der Caravan endlich aus der Mulde kam und schließlich mit laufendem Motor hielt. Der Mann drückte mir eine Münze in die Hand und verabschiedete sich. Die nachfolgenden Autos hupten bereits.

Erhitzt kletterte ich die Treppen hoch. Auf der letzten Stufe glitt ich aus und klatschte mit den Händen und einem Knie auf den Stein. Der Schmerz zuckte mir bis in den Schädel. Ich brauchte wohl eine Minute, bis sich die leichte Betäubung in meinem Gehirn löste und ich in das Apartment humpeln konnte.

Dort bemerkte ich sofort, daß etwas mit meinem Hund nicht stimmte. Er lag halb seitlich, mit verrenktem Hals, und stieß mit der Schnauze nach hinten unter die Decke. Ich bückte mich, sah unter sie und entdeckte ein kleines, schleimiges Etwas. Mein Puls schnellte hoch - ich hatte tatsächlich Nachwuchs bekommen! Plötzlich spürte ich mein Knie gar nicht mehr, und alle meine Sorgen waren ausgelöscht. Ich starrte mit glühenden Wangen auf den kleinen Welpen, der so mühsam geleckt wurde. Mit verklebten Augen, doch atmend lag er in einer Blutlache hinter seiner Mutter und zitterte am ganzen Leib. Sie ließ sich dann erschöpft auf die Seite sinken und verhielt sich ruhig. Ihr Bauchfell klopfte angestrengt, und ich vernahm ein Hecheln. Ich dachte freudig, daß die erste Schwierigkeit überstanden war, der nächste Welpe kaum früher als in zehn Minuten zur Welt kam und wollte die Schale Milch aufwärmen. Da rasselte die Klingel. In Erwartung von Mrs.Dolorosa öffnete ich. Zuerst sah ich nur die Dunkelheit eines Flurs, der sich wie ein unheimliches Tier streckte, und als ich die Umrisse zweier Gestalten in Leder und Motorradhelm ausmachte, war es zu spät, einen Rückzieher zu machen. Mit einem wuchtigen Fausthieb in den Magen wurde mir schlagartig klar, was mich erwartete. Ich rang nach Luft und taumelte, bis mir der Brustkorb von hinten gepreßt wurde. Vor mir schimmerte eine Klinge auf, und ein Blitz schlug durch meine Bauchdecke. Trotz des rauschenden Bluts in den Ohren hörte ich deutlich meinen Hund. Er bellte sich die Seele aus dem Leib, während ich mich wunderte, warum der Henker wieder und wieder auf mich einstach und dabei keuchte wie ein ungelernter Metzger, der sein erstes Stück Vieh schlachtet. Seltsam genug spürte ich keinen Schmerz, und ich sah klar wie noch nie. Die Gesichter meiner Nachbarn schwammen im Schein elektrischer Birnen und schwitzten. Aber was ich aus ihnen las, war nicht Angst, sondern Zweifel, ob sie dem Schauspiel meiner Ermordung bis zum Ende folgen sollten oder nicht. Als Mr. Smith sein Licht abdrehte, erloschen auch die anderen Türspalten. Dennoch fühlte ich mich weiterhin von aller Welt beobachtet, und Zorn und Wut ließen meinen Fuß gegen das Bein meines Oberhenkers schnellen. Der stöhnte auf. Für einen zweiten Tritt war ich zu schwach. Die Knie gaben nach, Blut schoß aus Mund und Nase, und dann schlenderten Andrea und ich Hand in Hand den schwülen Broadway hinab und bespritzten uns lachend mit dem Wasser aus einem Hydranten. Wir lagen im blühenden Gras des Central Parks und lauschten unsere Herzen ab. Ich sah Andrea zu, wie sie ihr gekämmtes Haar im Nacken verknotete, während sie eine Spange zwischen den Zähnen hielt. Sie wandte ihr sommerfrisches Gesicht mir zu und stand auf, damit ich sie für immer in die Arme schließen konnte. Da kam ein Hund angerannt, dessen Bellen in ein fürchterliches Jaulen überging, und mit dem Klang sich entfernender Schritte und dem Gestank von Exkrementen verschwand Andrea. Ich sackte auf die Knie und drängte meine Eingeweide in den Bauch zurück. Aber was mich wirklich schmerzte, war nicht die Beschissenheit meines Sterbens, sondern die Vorstellung, daß ich der einzigen Liebe meines Lebens nie wieder begegnen würde und meinen Roman nicht mehr zu Ende schreiben konnte. Eine junge weibliche Stimme rief hallend, was um Gottes Willen denn los sei. Ich fiel einer dunkel glänzenden Steinwand entgegen und hörte einen Nachbarn aus weiter Ferne rufen: Nichts, Mrs.Dolorosa, nichts! - Es ist nur der Hund, der stirbt!

Erstausgabe 1989

Von diesem Buch gibt es auch eine Sonderausgabe in zehn Exemplaren mit einem vorangestellten, vom Autor handgeschriebenen Text, signiert und numeriert, jedes Exemplar individuell gebunden, mit Schuber.

Fotos: Joerg Deisting
Layout und Satz: MD Design
Herstellung: Grazer Druckerei
Bindearbeiten der Sonderexemplare: Hubert Lang

ISBN 3-85420-150-8 Normalausgabe
ISBN 3-85420-151-6 Sonderausgabe

Verlag Droschl A-8010 Graz Bischofplatz 1